Lyden af et hjerte
Unge forfattertalenter fra Midtjylland

HiS – Historier i Spil er – er et regionalt projekt støttet af Region Midtjylland. Projektets formål er at skabe et netværk af folke- og skolebiblioteker samt kunst- og kulturskoler i regionen, der i samarbejde med professionelle forfattere støtter og underviser børn og unge i kreativ skrivning. Projektet afholder årligt forfatterworkshops, Skriveøer, på regionens folkeskoler samt har årligt mindst én større forfattercamp, hvor professionelle forfattere over flere dage underviser deltagerne. Derudover er det projektets formål at etablere undervisningstilbud i form af forfatterhold eller -skoler rundt i Region Midtjylland. Samarbejdet med BoD om at kåre Årets Forfattertalent i Region Midtjylland er skabt for at øge mulighederne for at etablere endnu flere skoler – overskuddet fra salget vil gå til etablering af flere workshops eller forfatterhold rundt om i regionens kommuner.

Læs mere om HiS på www.historierispil.wordpress.com

BoD – Books on Demand GmbH – er førende på det europæiske marked inden for digital bogproduktion og råder over mere end 1,1 mio. titler til levering. Den hastigt voksende virksomhed tilbyder med sin enestående digitale publikationsplatform forlag, forfattere og andre content-udbydere professionelle ydelser inden for produktion og salg af trykte bøger og e-bøger. Alle BoD-titler, som er koblet til boghandlen, kan fås overalt på det danske bogmarked, bl.a. hos Saxo.com og Gucca.dk.

Læs mere om BoD på www.bod.dk

Lyden af et hjerte

Unge forfattertalenter fra Midtjylland

Udgivet af Historier i Spil
i samarbejde med BoD

FSC
www.fsc.org

MIX

Papir fra
ansvarlige kilder
Paper from
responsible sources

FSC® C105338

© 2014 Historier i Spil
© De enkelte bidrag hos forfatterne

Forlag: BoD – København, Danmark
Fremstilling: BoD – Norderstedt, Tyskland
Bogen er fremstillet efter on-Demand-proces

ISBN 978-87-7145-357-7

Indhold

Forord

Årets forfattertalent i Region Midtjylland 2013

Af alle de indsendte noveller blev knap tyve taget ud til den endelige konkurrence og niveauet var højt – det gjaldt alle besvarelser, ikke blot de, der gik videre. Af de knap tyve noveller er 15 samlet her. Niveauet er højt og for formidlere af litteratur og undervisere i kreativ skrivning, vil det være tydeligt, at mange af deltagerne har gået på forfatterskolehold i regionen eller er kendte ansigter på deres lokale biblioteker. Det nytter noget at sætte fokus på forfattergerningen, når man skal udvikle dygtige nye talenter.

Historier i Spil, der sammen med BoD har udskrevet novellekonkurrencen, arbejder målrettet på at skabe gode muligheder for børn og unge i Region Midtjylland, der har interessen for at skrive og fortælle fiktive historier. Projektets netværk involverer i indeværende år 11 af regionens 19 kommuner og håber på, at kunne trække endnu flere til i det kommende år. Nærværende novelleantologi og deltagernes geografiske placering viser, at der overalt hen over regionen er en stor fortælleglæde blandt børn og unge. Interessen blandt de unge er til at tage og føle på, og forfatterholdene rundt i kommunerne har stor søgning.

I nærværende antologi er alle noveller skrevet ud fra temaet 'Oprør', og de giver mange forskellige vinkler på netop det begreb. Her er oprør mod statsmagterne, oprør i fortiden og i fremtiden, og oprør i de nære relationer mellem elskende. Her er også tydeligt at se, hvor store forskellene i fortælleuniverserne er – fortællingerne spænder fra realistiske nutidsscenarier, over historiske settings, fantasyuniverser og spring ud i fremtiden.

Der skal lyde en stor tak til juryen, der ud over undertegnede bestod af leder af Forfatterlinjen ved Dansk Talentakademi, forfatter Lene Rikke Bresson, samt litteraturhistoriker og underviser i kreativ skrivning, Mie Møller Nielsen.

Hurra for den store mangfoldighed, der er at finde blandt de unge i Region Midtjylland. Som koordinator for projektet Historier i Spil og som jurymedlem til bedømmelse af novellerne, ser jeg lyst på fremtiden for jyske forfattere – vi kommer til at sætte aftryk i dansk litteratur mange år frem. Jeg glæder mig til at se, hvad der kommer ud af de nærværende forfattere, når de springer ud med deres fuldbyrdede værker. Vinderen, Frederikke E. Vejen-Jensen, er godt på vej, da der sammen med titlen også følger en bogudgivelse hos BoD.

Skriv godt!

Jacob Hedegaard Pedersen
Forfatter og projektkoordinator
Historier i Spil, Region Midtjylland

Silkeborg, december 2013

Lyden af et hjerte

Frederikke E. Vejen-Jensen, 17 år, Ringkøbing-Skjern

Døren smækkede bag Mira, og hun løb ned ad korridoren med skørterne i hænderne. Overdådige vægtæpper og udsmykninger fór forbi hende, men hun ænsede dem ikke. Det sved i øjenkrogene, og hans råbende stemme ringede stadig i hendes ører. Det sorte hår kravlede ud af hårnålene, og snart dansede det på hendes ryg og skuldre. Bag sig kunne Mira høre døren blive åbnet igen. Og smækket i.

"Mira!" buldrede hans stemme gennem korridoren.

Tunge, hurtige skridt blev dæmpet i det langhårede tæppe. Han fulgte efter hende. Mira boblede stadig af vrede, og langt nede rørte frygten på sig. Hun måtte kæmpe for ikke at vende sig om og fortsætte med at råbe ad ham, men det var ingen nytte til. Ikke når han var i dette humør. Hun måtte bare *væk*.

Halvt bittert, halvt smilende kom Mira i tanke om første gang, hun havde mødt ham. De havde ikke været særlig gamle. Hun var helt ny i sit hverv og kun lige fyldt tolv, og han var ikke andet end en forkælet stor dreng omkring fjorten. *Hun havde været så bange, da hun gik ind bag de store, dobbelte døre med den store, hvide ulv ved sin side. Mira havde knuget dens pels i sin ene hånd og tørret den anden af i den fine kjole gentagne gange.*

Inde i den store sal bag dørene sad de alle omkring et stort spisebord. Kongen ved den ene bordende, dronningen ved den anden og deres børn, nevøer og niecer fordelt på langsiderne sammen med kongens bror og søster.

Alle børnene, hvoraf de fleste var omkring hendes egen alder med en variation på nogle år til begge sider, så så perfekte og skræmmende ud, som de sad der fuldstændig stille og med et smil på læberne. Kun én af dem virkede fuldkommen ligeglad med hendes ankomst. Han var høj og muskuløs med skinnende, korngult hår og et par dybblå øjne, der stirrede på hans fingre, mens han fjernede ikkeeksisterende snavs under de korte negle. Hele hans holdning udstrålede arrogance, som om han ville minde hende om, at hun ikke hørte til der. At lige meget hvem hendes far var, og lige meget hvilket hverv hun udøvede, ville hun altid bare være en lille nomadepige.

Mira løb stadig ned ad korridoren. Hvorfor var der så langt til hendes kammer? Næsten alle de perlebesatte hårnåle, en kammerpige så møjsommeligt havde sat hendes hår op med tidligere på aftenen, lå efterhånden på gulvet bag hende. Kun ganske få sad tilbage i hendes hår.

Han var stadig bag hende, selvom hans skridt virkede mindre truende. Der var noget andet ved dem. Et eller andet, hun ikke rigtigt kunne sætte fingeren på.

"Mira! Vil du ikke nok lytte til mig?!" råbte han efter hende.

Vreden var på vej væk. Det var dét. Han havde et hidsigt temperament, men han faldt også hurtigt ned igen, og så blev vreden altid erstattet af smerten og den dårlige samvittighed. Men Mira var anderledes. Der skulle meget til at hidse hende op, og endnu mere til at få hende ned igen. Hun kunne for det meste holde hovedet nogenlunde koldt under deres skænderier, men ikke denne gang. Hun ville væk herfra.

"Lad mig være, Mel!" Det var en trussel, og hun vidste, at han vidste det.

Der gik år, før han første gang skænkede hende anden opmærksomhed end et nedladende blik i ny og næ. Det var til en banket på slottet. Miras første. Hun havde nået en alder af fjorten og havde fået karavanens skrædder, en af landets bedste, til at sy en kjole til hende, og hun havde ladet det sorte hår hænge ned over ryggen med et tyndt kobberhårbånd, der matchede hendes kjole, og smaragder, der matchede hendes øjne.

I samme øjeblik hun trådte ind i balsalen sammen med Kirth, den store, hvide ulv, der altid var ved hendes side, stoppede alle op for at stirre på hende. Hun rødmede og tog gladelig prins Athals arm, da han rakte hende den. Han var kongens yngste søn og jævnaldrende med Mira. Athal og hans kusine Anett var blevet Miras gode venner i den tid, hun havde tilbragt på slottet.

Selv Mel kunne ikke tage øjnene fra hende, og ud på aftenen bød han hende op til dans. Hun blev så forvirret og skræmt, at hun ikke turde andet end at sige ja. Han kunne virke meget skræmmende på folk, men mens de dansede, fik Mira en fornemmelse af, at der gemte sig mere bag det hidsige temperament, de store muskler og den blinde loyalitet, han havde udviklet overfor sin far. Måske var der faktisk noget godt derinde et sted?

Noget greb om Miras håndled og trak hende tilbage til virkeligheden. Rykket drejede hende rundt, så hun stirrede lige op i et par smertefulde, dybblå øjne, der naglede hende til stedet.

"Mira," bad han, "tal med mig."

Alt det dårlige, han havde udsat hende for, væltede frem i hende. Al smerten, når han råbte ad hende. Alt hadet, når de skændtes over de mindste ting. Al frygten for, hvilken side af ham hun ville få at se. Al frustrationen over hans blindhed overfor sin far – en mand, der intet godt bragte denne verden. Hans forfærdelige temperament, som han havde arvet fra sin mor. Hans ulidelige arrogance overfor den almene befolkning. Overfor nomaderne. Overfor hende.

"Jeg har ikke noget at tale med dig om, Melakin." Hun vendte sig væk og vristede sig fri af hans greb. Hendes ord havde gjort ondt på ham. Det vidste hun. Han blev nemlig stående et øjeblik, før han fulgte efter hende igen. Den første tåre faldt.

Endelig var Mira nået til sit kammer. Hun smækkede døren bag sig og låste den, i samme øjeblik Melakins hænder hamrede mod træet.

"Mira! Lyt til mig!" råbte han fra den anden side af døren, og hans stemme var mærket af smerte og afmagt. "Hvis du ikke vil tale med mig, så lyt i det mindste." Det sidste lød lavere, mere bedende.

Mira lod ryggen glide ned langs døren og endte siddende på gulvet med kjolens skørt bredt ud omkring sig. Hun græd. Tårerne brød endelig igennem. Hun havde aldrig forestillet sig, hvor ondt det kunne gøre, når dén, man elskede, og dén, man hadede, stod på den anden side af en dør, man selv havde lukket og låst. Kun nogle centimeter fra én og samtidig verdener væk.

Kirth rejste sig fra sin pude, og hendes utrolig vidende øjne hvilede på Mira, mens hun gik hen og lagde sig trøstende ved hendes side. Med våde striber ned ad kinderne begravede Mira ansigtet i den bløde, hvide pels.

Udenfor bankede Melakin på døren igen og igen. "Mira!" råbte han, og et øjeblik troede Mira, vreden var tilbage, men så tilføjede han så lavt, at hun næsten ikke kunne høre ham: "Mira, luk mig ind. Vil du ikke nok?"

En duft af jasminsæbe med et strejf af noget umiskendelig mandigt trængte igennem døren. Hans duft. Hun tog en dyb indånding og forsøgte at få ro på stemmen. "Glem det, Mel. Du har sagt rigeligt." Med de ord rejste hun sig fra gulvet og rev sine saddeltasker frem fra under sengen.

Mindet om den første gang, hun havde set hans sande jeg, trængte sig på, mens hun kastede sine ting ned i taskerne med al den vrede, hun kunne mønstre. *Der var gået det meste af et år siden banketten. Det var kun tredje gang, hun var der siden da. Hun var på vej tilbage til sit kammer fra morgenbordet for at skifte tøj, da hun passerede et vindue ud til slotsgården. To unge, blonde mænd stod overfor hinanden med hver sin to-tre meter lange stav. Deres bare overkroppe glinsede af sved. Den ene var høj og firskåren, mens den anden var yngre, et halvt hoved lavere og mere spinkel. Den høje gjorde et udfald, som den yngre parrede med hurtige reflekser.*

Mira stod et øjeblik og betragtede Athal og en af hans fætter træne og ønskede, at hun kunne deltage, men det kunne hun ikke tillade sig. Når hun var her, måtte hun opføre sig, som en ung kvinde burde. Træning med sværd, stave og næver måtte vente, til hun kom tilbage til karavanen og sin søster.

Nysgerrig satte hun kursen mod gården, men kort inden hun nåede yderdøren, hørte hun lyden af en næve, der blev hamret mod et bord, og en mand, der brølede af frustration, gennem en åben dør. Forsigtigt gik hun derhen.

Melakin vandrede frem og tilbage i et lille arbejdsværelse. Raseriet strålede ud af ham, og nu og da sparkede han til en stol eller slog til en bunke pergament, så de løse ark fløj rundt i lokalet. Pludselig, uden varsel, satte han sig tungt på en bænk ved væggen og gemte ansigtet i sine hændet.

Mira var stadig bange efter at have set prinsen så rasende, men alligevel gik hun stille hen imod ham.

'Er... er der noget galt, Herre?' spurgte hun forsigtigt.

Han så op på hende med et sæt. 'Du har ingen anelse," var hans eneste, dystre svar.

"Mira, for helvede! Jeg er ked af det!"

Mira smed taskerne over skulderen. Hun havde skiftet kjolen ud med sit gamle, slidte ridetøj. Hendes karavane var langt væk, og hun havde en lang vej foran sig. Foran døren standsede hun. Der var stille derude, men jasminsæben hang stadig i luften. Stille førte hun fingrene op mod symbolet, der var tatoveret på hendes venstre kraveben, karavanens symbol, og bad sine forfædre om styrke og mod. Så skubbede hun døren op, blottet for al følelse.

"Gudskelov!" åndede Melakin lettet ud. Han lod til at tro, hun havde tilgivet ham, indtil han så hendes ansigt og taskerne. Hun så det i hans øjne, da hun gik forbi ham ned mod slotsgården.

Han var lige i hælene på hende.

"Mira? Hvad er det, du gør?" spurgte han forfærdet.

Mira så stadig ikke på ham. "Hvad jeg skulle have gjort for længe siden."

Erkendelsen lyste ud af hans øjne. "Jeg er ked af det! Du ved godt, jeg ikke mente det!" udbrød han.

"Det er problemet." Hendes stemme var lige så blottet for følelser som hendes ansigt. "Jeg ved ikke længere, hvad du mener." Hun skubbede den ene af de dobbelte døre op og vandrede over mod stalden.

"Du kan ikke bare give op!"

Med et sæt vendte hun sig og stirrede ham lige ind i øjnene. For første gang var det de smaragdgrønne, der holdte de blå fast. "Jeg giver ikke op. Der er ikke noget at give op." Hendes blik mildnedes, og hun lagde en hånd på hans kind. "Jeg elsker dig, Mel, det vil jeg altid gøre, men det er ikke nok." Mira slap Melakins blik og gik over til sin hest.

Hun huskede deres første kys. Den aften Melakin havde sagt, han elskede hende. *De stod på svalegangen udenfor balsalen. De havde danset længe og havde begge brug for noget frisk luft. Melakin stod så tæt op ad Mira, at hun kunne mærke varmen fra hans krop, og duften af jasminsæbe hang omkring hende. Hans hånd rørte næsten hendes på gelænderet. Mira stod lænet frem og så op på stjernerne, da hun fornemmede hans blik på hende.*

Nysgerrigt så hun op på ham. "Hvad er der?" spurgte hun stille.

Melakin smilede. Han havde et dejligt smil. "Vidste du, at man kan se stjerner i dine øjne?" spurgte han.

Varmen steg op i Miras kinder. "Nej."

Forsigtigt strøg han sin hånd over hendes kind. En blid bevægelse, som de færreste ville tro, han var i stand til. Hans øjne fandt hendes. Den blå farve blev understreget af øjnenes intensitet. "Mira?"

"Hmm?" Mere svar kunne hun ikke får frem. Hun stolede ikke på sin stemme.

"Jeg ..." Han tøvede. "Jeg tror..." Han sank en klump. "Jeg tror, jeg elsker dig." Og med de ord trykkede han sine læber mod hendes. Hun gjorde ikke modstand. Tværtimod.

Havde de været to hvilke som helst andre mennesker, ville det, de gjorde, være fuldstændig uhørt. Men Melakin var en prins. Mere end det – han var kronprinsen og kunne tage sig alle de friheder, han ville. Og Mira ... På grund af hendes stilling i samfundet var der ingen, der forventede af hende, at hun giftede sig, hvilket betød, at hun også kunne tage sig de friheder, hun turde.

Mira spændte gjorden og kastede sadeltaskerne over hestens ryg.

Melakin havde endelig givet op, det kunne hun på ham. Alligevel standsede han hende i stalddøren, da hun ville trække hesten ud. "Jeg elsker dig, det ved du godt, ikke?" spurgte han stille.

Hun sank en klump. Jo, det gjorde hun, men hun stolede ikke på sin stemme, og nøjedes med at nikke.

"Jeg ved ikke længere, hvem jeg var, før jeg havde dig," fortsatte han.

Mira så ned. "Det ved jeg godt," hviskede hun. "Men du vil ikke kunne lide det."

Han lagde hånden om hendes hage og tvang hende til at møde hans blik. "Hvem?"

Hun sukkede og tog en dyb indånding. "Du var alt det, du hader ved dig selv. Du var en forkælet møgunge. Du var blind, og du var fej. Du havde alt, men du havde intet. Du lod dit temperament løbe af med dig, og du fulgte din fars mindste vink. Dét er, hvem du var."

Hun svang sig op på hestens ryg. "Og det er, hvem du vil blive igen."

"Vil jeg nogensinde se dig igen?"

Hun så ned på ham, og for første gang fik hun ondt af ham. "Jeg er ikke den rigtige til at svare på det spørgsmål," svarede hun ærligt. "Hvis skæbnen vil det, ses vi måske igen en dag." Og med de ord satte hun hesten i skridt og efterlod Melakin i stalddøren.

Mens hun red mod slotsporten, huskede hun alt det, der havde holdt hende her så længe. Hans sårbarhed, når ingen andre så ham. Hans godhed, der lå skjult bagerst i hans hjerte. Hans uendelige tålmodighed, når hun ikke kunne være hos ham. Hans frygt og afsky overfor sin far og hans gerninger, der gav hende håb for hans skæbne. Deres kærlighed, der bandt dem sammen på trods af deres forskelligheder.

Og som Mira red igennem porten uden at se sig tilbage og satte hesten i trav, hørte hun lyden af to hjerter, der knustes, og en verden, der faldt sammen omkring hende.

Fuck janteloven

Marajke Jarlsberg Stadus, 16 år, Ringkøbing-Skjern

"Du skal ikke tro, du er noget!" Hun kan stadig høre dem messe det. Om og om igen. Og jeg hører det også. Jeg hører alt, hvad hun tænker. Hun har taget mig med, viklet mig ind i hendes tankespind, så jeg kan høre hendes historie. Så jeg kan lære at forstå.

Hun står for sig selv på havnen. Jeg ser vinden lege med hendes lyse hår, jeg kan mærke kulden igennem hendes krop, se de tårer, der gemmer sig bag hendes blågrønne øjne. Hun sænker hovedet. Hun er et nul. Og hun ved det. Langsomt begynder hun at gå. Hun ved ikke, hvor hun skal hen, men hun skal videre. Jeg ser det hvide papir i lommen, og jeg skammer mig bare ved synet af den liste. Listen, hvor vi alle er sat op efter, hvem der er vigtigst. Hun står sidst. Hun er ikke ligesom dem. Den liste hænger over det hele og minder hende hele tiden om, hvor lidt hun betyder, så de andre ikke behøver bruge tid på at fortælle hende det. Hun lyner lommen, så listen forsvinder, men den brænder stadig inde bag foret på den korngule jakke.

Det startede allerede i 6. klasse. Hun var en vaks elev, bød tit ind, når de gennemgik opgaver. De andre klassekammerater blev sure; hun førte sig frem, hun skulle da ikke tro, hun var klogere end dem! Det var første gang, de var efter hende.

Jeg ser hendes flashback som en sort/hvid stumfilm. Jeg ser hendes læber skælve, og jeg ser trækningerne ved hendes mandelformede øjne. Jeg tager mig til hovedet, presser hårdt fingrene mod mine tindinger. Jeg vil ha' hendes tankestrøm til at stoppe, men jeg kan ikke tvinge hende.

Hun fortsætter ned langs havnen. Vinden har taget lugten fra havet med sig og bredt den til fastlandet. Lugten af det friske saltvand og rådne fisk når hendes næsebor. En stor pigeflok har optaget begge havnekioskens bænke. Deres latter og snak om weekendens strabadser ville normalt kunne høres på lang afstand, men hun har været så optaget af sine egne tanker, at hun ikke har hørt dem.

Og der kommer hun gående. Med skuldrene sænkede og øjnene rettet mod den våde asfalt. Hun går lige forbi dem og hører hvert et ord:" Hun tror altid, hun er bedre end os andre". Pigerne begynder at snakke højlydt om hende, og hendes i forvejen sænkede skuldre falder nu helt ned, alligevel fortsætter hun forbi dem. "Du tror, du ved så meget, du tror, du er hævet over alle os andre. Se dog og vågn op!" råber en fra pigeflokken, lige inden hun forsvinder omkring hjørnet.

Jeg bliver nødt til at stoppe. Jeg kan ikke mere, jeg ved, hun vil ha' mig til at se, hun vil ha' mig til at vågne op, jeg ved det!

Jeg er blevet så rastløs, hendes tanker hvirvler rundt i hovedet på hende, og de bliver sendt direkte videre til mig. Jeg kan ikke blive ved med at holde styr på dem. Jeg ville ønske, jeg kunne tage al smerten fra hende, men det kan jeg ikke.

Jeg bliver nødt til at høre resten af hendes historie.

"Du er elendig, du er dårlig, du kan ikke finde ud af noget. Du er unødvendig."

Noget går op for hende. Hendes øjne slår ned, hun blinker et par gange og kigger op for en gangs skyld. Hun vender sig 90 grader og kigger mod vandet. *"Nej!"* Jeg beder dig, på mine grædende knæ, fortsæt mod skoven!

Hun står ubeslutsom et øjeblik uden at høre mig, hvorefter hun til min store lettelse begynder at gå imod den smalle skovsti. Hun trækker jakken tættere om sig, vender sig og kigger mod den parallelle villavej. Pigerne kommer cyklende med den voldsomme vind i ryggen. De griner, snakker og fjoller. Hun vender sig og får blæsten lige i hovedet. Langsomt begynder hun at gå hjemad. Jeg kan mærke den kulde, der omkranser hende. Den er ikke kun gået igennem hendes tøj, den har bredt sig helt ind til hendes hjerte. Hun får endnu et flashback, denne gang i farver. De står på sportspladen alle sammen. Hun står med de andre i en gruppe. En eller anden falder, og de andre griner, akavet griner hun med. En kort, men perlende latter. De andre vender sig forargede om og kigger på hende. Af gammel vane trækker hun sig lidt tilbage og krummer ryggen. "Hvad bilder du dig ind?" "Hvad har du gang i?" Drengen, der faldt, går direkte hen mod hende og stiller sig truende overfor hende "Du skal ikke grine af mig!" Han skubber hårdt til hende, og hun tumler tilbage. Han bøjer sig ind over hende og stikker sit ansigt tæt på hendes. "Du kan lige så godt blive dernede, ellers skubber jeg dig igen!" Hun ryster på hovedet for at skubbe mindet fra sig, jeg synker en klump.

Mage til nar skal man lede længe efter!

Jeg ville ønske, jeg kunne beskytte hende, men det er for sent.

Hun hænger den gule jakke på knagen i entreen. Stiller sine Converse på skohylden og går ud på badeværelset. Hun stiller sig foran det matte spejl. Hendes fingerspids glider langs kanten af glasset. Da hun når venstre hjørne, skærer det hul på den fine hud, og en dråbe blod kommer til syne på den sarte hud. Hun betragter fingerspidsen, rører nænsomt ved den lille dråbe, hvorefter hun på spejlbilledet af sine læber tegner en smilende mund med det røde blod. Hun betragter sig selv i spejlet. *"Der er ingen, der kan lide mig, der er ingen, der sætter pris på mig."*

Hun skal ikke tænke sådan, hun skal ikke føle sådan. Jeg ville ønske, jeg havde puttet vat i hendes ører, hver gang de havde sagt noget. Hendes læber bevæger sig langsomt. *"Der er ingen, der ville blive ked af det, hvis jeg døde."* Hun udtaler hvert ord med sådan en omhu, at det giver mig kuldegysninger. Hårene på mine arme rejser sig, jeg kan kun høre mit eget hjerte slå. Hun stirrer mat ind i spejlet. Jeg kan se, noget former sig i hendes tanker. Jeg kan se, der skal til at ske noget.

Det er en lys sommermorgen. Jeg har fulgt hver af hendes drømme, jeg har lyttet til hende, mens hun snakkede i søvne, og jeg har betragtet hende, mens hun sov.

Denne morgen kigger hun trodsigt ind i spejlet. Hun retter ryggen og holder hovedet højt.

Der er sket noget. Hun går i bad, sætter de lange, lyse lokker og tager makeup på. Hun fremtvinger endda et blændende smil. *"Jeg er værdifuld, jeg er god, jeg er klog, jeg kan lære, jeg ved ting, andre ikke gør, jeg er stolt af mig selv, jeg kan alt, jeg er enestående, der er nogen mennesker, der holder af mig."* Hun messer det for sig selv gentagne gange.

Jeg kan høre det i hendes tanker, og for hver gang hun siger det, bliver hun mere selvsikker.

Hun tager cyklen til skole, parkerer den under halvtaget og møder alles blikke til en forandring. Jeg er målløs, hendes hjerte er blusset op, det slår, og der er varme.

Hun træder ind i det fyldte lokale. De andre sidder i grupper og snakker, ingen tager notits af hende. Hun stiller sig for enden af klassen og venter tålmodigt på klassekammeraternes opmærksomhed. Langsomt begynder de en efter en at tie stille. De kigger undrende på hende. Hun begynder at snakke. Jeg sidder helt stum og lytter til hendes ord.

Jeg får tårer i øjnene over, hvor stæk hun er, jeg har respekt for hende.

"Jeg vil gerne fortælle jer alle sammen noget: Jeg *er* noget. Jeg er lige så vigtig, som I er."

Hun smider listen ned på jorden og kigger rundt på de andre. Nogle få sænker hovedet; man kunne driste sig til at tro, at de rent faktisk skammer sig over, hvad de har gjort. "Og jeg er klog! Ikke nødvendigvis klogere end jer, men jeg ved også noget, I ikke ved. Jeg ved, hvordan det føles at være alene og på egen hånd, og jeg er lige så god som jer, hvis ikke bedre, for jeg ved med mig selv, at jeg aldrig ville udsætte et andet menneske for det, I har gjort mod mig."

Hun holder en pause og kigger rundt. Der er helt stille, der er ingen, der bevæger sig, de er alle sammen i chok. Hun fortsætter med at snakke. "Og ved I hvad? Der er faktisk nogen, der holder af mig, og de ville ikke kunne undvære mig i deres liv." Hun trækker vejret dybt og kigger udover klassen. Hun har sagt det, hun har sat ord på sine tanker og følelser.

"Du skal ikke tro, at du kan lære os noget!" siger han, rejser sig og kigger hånligt på hende.

De andre reagerer og rejser sig også. Skældsordene regner ned over hende, alligevel sænker hun hverken blikket eller skuldrene. "Hvis det er alt, hvad I har at sige, er I nogle uvidende mennesker," siger hun og går stolt ud af klasselokalet.

Jeg er stolt af hende, jeg er glad for, at hun gjorde det, og jeg er begyndt at fatte håb for hendes fremtid, lige indtil jeg ser hende gå mod havnen. Hvad tænker hun? Hvorfor kan jeg lige pludselig ikke høre hendes tanker mere? Nu hvor det er det vigtigste tidspunkt at vide præcis, hvad hun tænker og føler. Jeg kan ikke gøre andet end at følge med på sidelinjen. Jeg kan ikke nå hende, jeg kan ikke gøre noget, da hun hopper i vandet. Jeg ser hende synke til bunds, jeg kan ikke redde hende, det var hendes beslutning. Hun kommer aldrig til at opleve at blive accepteret.

Tilbage i klasseværelset står alle eleverne op og diskuterer hendes lille "pep-talk" alle – undtagen en. Nede bagerst i hjørnet sidder han, med krum ryg og et vigende blik. Nu hvor hun ikke er her mere, er han den nederste på deres liste. De har hængt den op på opslagstavlen, og jeg ser hans navn med store, røde blokbogstaver. Jeg lærte noget af hende. Jeg lærte, at jeg ikke er bedre end andre, at jeg ikke skal se ned på andre, som jeg gør. Det var derfor jeg skulle med på hendes tur, hun ville vise mig, hvordan det er. Jeg vil tage ham i forsvar, jeg vil gøre oprør mod dem, ligesom hun gjorde. Jeg har været med til det før, men denne gang skal det ændres. Forhåbentlig lærer jeg af det her, forhåbentlig bliver jeg et bedre menneske ...

Fuck janteloven, vi er alle enestående!

Sentaku

Mie Hald, 12 år, Viborg

Hanran var i starten et fredeligt og smukt land. Grønne dale og bakker strakte sig hundrede mil mod alle verdenshjørner. Hyggelige landsbyer lå rundt omkring, forbundet af landeveje befærdet af både bønder og Carinens mænd. Store skove gav ly til vilde dyr, der endnu ikke var blevet opdaget af omverdenen. Hanran var i sandhed et magisk land. Indtil den gamle Carin blev brutalt myrdet af sin fætter.

Carinens fætter hed Kakusu. Kakusus hensigter var ikke lige så gode som den gamle Carins. Kakusu kronede sig selv som den nye Carin, men kronen sved på hans hoved og har aldrig siden ladet nogen bære den.

Tidens tand har hærget Hanran. Carinen har ødelagt markerne, forurenet luften og forgiftet de gode borgeres sind. Han fik efter kort tid tilnavnet *Slangen*.

I en lille landsby nær udkanten af Hanran boede en dreng ved navn Sentaku. Carinens gift havde også ramt ham. Andre i landsbyen undrede sig over, at han endnu ikke var død. Hele dagen lå han i sin seng og så ud ad vinduet, ud på de andre drenge, der stjal æbler hos naboen og piftede ad de unge piger.

Sentakus hjerte var svagt. Han kom kun ud af huset få gange om året, og kun i ganske kort tid. Hans bedstemor passede ham, da hans far og mor var blevet dræbt af den nye Carin.

Sentaku var en god dreng, han kunne jo ikke lave ulykker. Men kun én ting glædede virkelig Sentaku – hans barndomsveninde Min. Min kom på besøg hver dag, men medbragte aldrig venner. Hun bortforklarede det altid, når han spurgte, og sagde, at de andre fra byen ikke ville forstå ham. Hun behøvede egentlig ikke at skjule det. Når vinduet stod åbent, hørte han de andre på hans alder hviske, bagtale ham og grine af ham. En læge havde engang skullet sy ham, men bedøvelsen havde ikke virket. Det var meget værre at høre de andre tale om ham.

Nu sad Sentaku i sit lille værelse. Vinduet var åbent, og ondskabsfulde ord væltede ind – ikke tiltænkt hans øre. Han vendte ansigtet væk og så rundt i værelset. En solstribe lyste støv op, et skab stod i hjørnet, og en kommode ved siden af sengen, ellers var der ikke andet end en stor bunke bøger.

Det var en af de bedre dage. Alligevel var der noget, der føltes... forkert. Der var noget i luften, den var tynget af et eller andet. Det gjorde ham urolig.

Der lød en blid banken på døren. Han ignorerede den og lagde sig ned. Trak det tynde tæppe op over ørerne og lukkede øjnene. Han ville ikke se nogen lige nu. Han var lige vågnet og havde haft en forfærdelig drøm. Han var vågnet skrigende, ligesom så mange andre nætter. Men denne drøm var særlig. Endnu et bank på døren. Hvem der end ville ind, ville vedkommende ikke opgive sit mål. Sentaku var som sagt ikke slem eller ude på ballade, men han var viljestærk – mere end de fleste.

"Sentaku," lød en blid stemme. "Må jeg ikke komme ind?" Sentaku åbnede øjnene under tæppet. Min? Hun plejede aldrig at komme før middag, tidligst. Hun hjalp ofte hans bedstemor i huset. Sentaku satte sig op og sank en klump. Han rakte hånden ud mod dørhåndtaget. I dag skulle det lykkes! Viljen betød alt! Han lukkede øjnene og fokuserede på dørhåndtaget og låsen. Små svedperler dukkede op på panden, han vidste godt, at han ikke burde gøre det. Låsens klikken og kraftanstrengelsen udløste et voldsomt hosteanfald. Han bøjede sig forover og mærkede efter få sekunder en hånd på sin bare skulder. "Du ved godt, du ikke må gøre det dér!" lød en skræmt stemme. Han åbnede det ene øje og så på Min. Hun så nervøst ud ad vinduet. Han gispede efter vejret og tog en dyb indånding.

"Slap af," sagde han hæst. "Der er ingen, der opdager det." Min tog fat om hans skuldre og så ham ind i øjnene.

"Du skal ikke tage det så let! Hvis nogen opdager det ..."

"Opdager, at jeg kan klare alt med min *viljestyrke*?"

"Der er et ord for det, og du ved det." Sentaku himlede med øjnene.

"Du er for overtroisk, Min."

"Det er ..." Hun sænkede stemmen. "*Magi*." Sentaku viftede afværgende med hånden.

"Slap af," sagde han igen. Min sukkede, og satte sig på sengekanten.

"Det er dig, der skal det."

"Hvis jeg slapper mere af, så dør jeg sikkert." Min lo tørt og smilede til ham.

"Sikkert." Sentakus blik faldt ubevidst på en tøjbunke på gulvet, og hans hjerte slog et slag over, samtidig med at rødmen steg op i ham. Han så på Min, der bare stirrede ned i trægulvet. Han så skiftevis på hende og tøjbunken og rakte så hånden ud mod tøjbunken. Hans læber bevægede sig svagt, og hans øjne skiftede kortvarigt farve fra brune til røde. Min så på ham og skubbede forskrækket til ham. Han mistede koncentrationen, men havde fuldført, hvad han var i gang med. Den nemme måde at tage tøj på. "Lad være!" hvæsede Min. Sentaku så ned på sine hænder. Øjnene havde skiftet tilbage til brun.

"Det kunne være værre," mumlede han.

"Hvordan?"

"Carinen kan sætte ild til hele byer ..."

"Og du skal ikke blive som ham!"

"OG DU SKAL IKKE BESTEMME OVER MIG!" Min så såret på ham. Han bed sig i læben. Han svarede aldrig igen. Min var et år ældre end ham og var meget speciel for ham. Han havde kun svaret igen én gang før, da han var fem. Så nu sårede det hende.

"Der kan du selv se," sagde Min med grødet stemme. Hun glattede nervøst sit glatte sorte hår, selvom det ikke var nødvendigt. Hun havde ret. Hver gang han brugte sin sjette sans, ændrede det ham en smule, samtidig med at det tog lidt af hans venlighed. Kun lidt.

"Undskyld," mumlede han. Min smilede svagt til ham og rejste sig op.

"Farvel," sagde hun. Han så på hende. Hvad skulle det sige? Hun sagde altid "på gensyn", eller "vi ses i morgen". Aldrig "farvel".

"Hvad ... hvad mener du?" spurgte han nervøst. Hun pillede nervøst ved en løs tråd i sin blå kjole.

"Jeg rejser," kom det efter lidt tid. Sentaku blev mundlam. "Jeg tager ud af landet i morgen." Sentakus hjerte holdt op med at slå, sådan føltes det i hvert fald.

"Hvorfor?" Min trippede.

"Jeg vil væk fra Carinen, og det her forpestede land."

"Hvorfor?" spurgte Sentaku igen, nu med grødet stemme. "Grænsen er kun en mil væk, vi hører stort set ikke til landet. Hvor ..." Så ramte erkendelsen ham som et lyn, og tårerne vældede op i hans øjne. Mins venlige ansigt blev ømt, da han trak knæene op under hagen. Hun gik ud ad døren.

Den nat lå Sentaku og sov, uroligt og let. Han havde låst sig inde, lukket vinduet og ikke talt resten af dagen. Han vågnede ved et lys udenfor. Rødligt, klart og varmt. En stank af røg bredte sig i hans værelse, vinduet var utæt.

Han kæmpede sig op på albuerne og derfra op til vinduet. Hjertet hoppede op i halsen på ham.

Kroen på den anden side af markedspladsen brændte. Kutteklædte skikkelser red rundt på heste, der var så mørke, at de næsten gled i ét med skyggerne. De stejlede, og de kutteklædte satte ild til bygningerne med brændende fakler i hænderne. En af kutterne vendte sig mod hans vindue og red mod ham. Et sværd blev svinget, ruden ødelagt, og noget lukkede sig om hans hals.

Først var det sløret. Så var det klart. Kutterne sad omkring ham, og mumlede til hinanden.

"Hvordan kan han være endt der?"

"Hvem kan have gjort det?"

"Ser jeg tyk ud i den her?"

"Tror I, kronen passer?" Sentaku kæmpede sig op, men en grov hånd skubbede ham ned igen.

"Stop, Inu. Han er vigtig!" lød en forurettet stemme.

"Hvor er jeg?" mumlede Sentaku. En kutte løftede hans hoved op og satte et krus for hans mund. Han slugte gladelig det kolde vand. "Hos oprørerne." Vandet havde nær kvalt ham. Han så forskrækket på kutterne. De trak én efter én hætterne væk og afslørede menneskelige personligheder. En smuk kvinde, en ung jomfru, en stor, barsk udseende mand og en del andre. Sentaku trak sig lidt væk fra oprørerne.

"*Hvor* er jeg?" De fik alle hårde ansigter.

"Midt i en krig," sagde en gammel mand. Sentaku rystede på hovedet.

"Det må være en drøm, det er simpelthen for vanvittigt!" De andre sendte hinanden blikke. Så fandt den unge jomfru en lille kiste og åbnede den. Sentaku gispede, da en bølge af lys og varme ramte ham.

I kisten lå en krone. Ikke stor og klodset, men let og smuk. Roser og torne, ranker og blade ... En af de andre rakte ud efter den, men et lille lyn skød ud fra den, og personen trak hånden til sig.

"Prøv den!" blev der opfordret. Sentaku så forskrækket på dem.

"Aldrig i livet! Ikke med de torne!" Den grove mand tog fat om hans hænder, og tvang ham til at tage kronen. Sentaku havde forventet, at de ville stikke, men det gjorde de ikke. Metallet var varmt og hårdt. Behageligt. Manden førte kronen mod hans hoved, mens hans hjerte skreg af skræk.

Lys eksploderede i hvor-han-end-var, og de andre knælede for ham. Han så forbløffet på dem.

"Hvad laver I?" spurgte han. Kvinden så på ham.
"Du er Sentaku, ikke?" Sentaku nikkede. "I så fald er du vores
rigtige Carin." Sentaku blev bange.
"Nej!" sagde han oprørsk. "Nej, jeg er ingenting. Jeg er bare en
svag dreng med mærkelige evner."
"En forbandelse," sagde den grove.
"Og magi," sagde den gamle. Sentaku rev kronen af hovedet og
kastede den fra sig.
"Nej! Jeg vil ikke være oprører! Jeg ender som mine forældre,
som ..."
"Morder? Nej, at kæmpe for frihed er ikke mord," sagde jomfruen
beroligende. I løbet af de næste par timer forklarede de omgivende,
at han befandt sig i oprørernes lejr. De var Det Øverste Råd og havde
til opgave at oplære og beskytte ham.
For femten år siden, da Sentaku kun var et år, boede han på slottet
med sin far, Carinen, og sin mor. Indtil Kakusu havde myrdet hans
far. Hans mor var flygtet med ham og havde bragt ham i sikkerhed
hos sin mor i udkanten af Hanran. Derefter havde hun ført Kakusu
på vildspor.
Til sidst gik Det Øverste Råd ud af teltet, som de havde anbragt
ham i.
"Vent!" sagde han. Den gamle mand, der var den sidste, vendte sig
mod ham. "Hvad skete der med min bedstemor? Og hvorfor brændte
I byen ned?" Manden smilede venligt.
"Din bedstemor er blevet bragt til et sikkert sted. Og vi måtte ikke
efterlade os spor." Teltdugen faldt for, og Sentaku blev ladt alene.
Han trak en dyne over sig. Det var koldt. Han lukkede øjnene. Det
ville aldrig gå godt. For sit indre blik så han Min. Hun løb gennem
en skov, tårerne glimtede i øjnene på hende. Hun var bange. Bange
for *ham* og hans *magi*. Det var derfor, hun stak af. Da lukkede hans
hjerte sig som et vindue en kold vinternat. Kronen glimtede stadig
på jorden. Han rakte ud efter den og samlede den op. Han satte

27

den på sit hoved, skulle bare prøve det én gang til. Energi og styrke strømmede gennem ham.

"Som om en nedbrændt by ikke er et spor," mumlede han og faldt i søvn.

Den næste tid var strid. Konstant træning, og for hver dag voksede hans viden og hans had. Kronen nægtede at slippe ham, tornene rev i hans hud. Det endte med, at han måtte bære den dag og nat. Heldigvis blev dens glød mindre overvældende.

Oprørernes lejr var enorm. Den strakte sig over to mil, folk boede i telte tæt ved hinanden. Sentaku lærte, hvordan man påsatte ild ud af ingenting, fremmanede vand og vind og fik jorden til at bevæge sig. Han lærte at styre andres blod, så de underlagde sig hans vilje.

En særlig dag var han helt nede, vred på alt og alle, sort helt ind i hjertet. Han kom i nærkamp med nogle andre drenge på samme alder som ham selv og styrede dem som dukker. Da hans lærer opdagede det, blev Sentaku straffet og blev sendt i isolation en hel måned. Han fik kontrol over sine handlinger og undskyldte over for drengene. Siden den dag brugte han ikke mere blodmagi.

Han følte sig anderledes. Der var ét sted, han særligt holdt af at komme. Et klippefremspring med frodigt græs, der hang ud over en stor sø. Stjernerne, galakserne og månen blev genspejlet i søens overflade, duften af skoven, der omgav vandet, fyldte luften, og en sindsro bredte sig over området. Lejrens lys glimtede i vandkanten mod nord.

Når han så op på månen, prøvede han at forestille sig, hvor Min var. Der var to kræfter, der kæmpede inden i ham. Han var som månen. Nogle gange var han den mørke side, andre gange den lyse. Sådan var alle mennesker vel, men ikke så ekstremt.

"Hvad vil du have?" spurgte han ud i luften. "Hvorfor skal jeg være sådan her? Jeg vil bare være en normal dreng, helst langt væk herfra. Hvorfor skal jeg være mig? Det er ikke retfærdigt!" Han så

28

på sit spejlbillede, der kiggede tilbage på ham, fem meter nede ved søens overflade.

"Ville det være fair, hvis en anden skulle lide sådan?" spurgte spejlbilledet. "Er det ikke bedre, at det er os, end en, der havde det værre i forvejen?" Den lyse side tog over. Sentaku trak lidt på skulderne.

"Sikkert." Spejlbilledet materialiserede sig og stod nu som en vandsøjle foran ham.

"Vi er stærkere, end andre tror. Vi kan klare det, stol på mig." Sentaku grinede.

"Alle ved, at du aldrig skal stole på dit spejlbillede." Kopien smilede til ham og faldt ned i søen igen.

Det var nu et år siden. Hans forbandelse og sygdom var svundet hen, i takt med at han blev stærkere. Nu sad han på en stor, sort hingst i spidsen for en hær. Den uskyldige dreng var væk. Det sorte hår strittede til alle sider. Tøjet var laset og blodigt efter mange slag. Ansigtet var hårdt, og øjnene var røde. Han trak et langsværd op af skeden og rakte det op i luften, så den grå sol blev reflekteret i lyset. Han brølede, og de mange tusinde oprørere sluttede sig til det med mange stemmer.

Heste galoperede mod en stor, sort borg. Soldater stormede imod dem. De to sider ramlede sammen med et ordentligt brag. Dødsskrig fyldte luften sammen med sværdklingen og hestevrinsken. Sentaku huggede nådeløst sit sværd i fjendernes kroppe, der faldt til jorden med et stivnet ansigtsudtryk.

Porten var inden for rækkevidde. Han sprang af hesten og flåede dørene op. Planen var gået som planlagt, bortset fra de mange soldater. Bagdøren havde været ubevogtet.

Han kunne huske hver eneste grundtegning over borgen. Op ad trappen, sjette dør på venstre hånd, hen ad gangen, op ad endnu en trappe ... Sådan fortsatte det et stykke tid, indtil han smækkede en bestemt dør op.

Der stod han. Snoet sort gedeskæg, glat sort hår, pelskrave, lang kappe. Had lyste ud af Sentaku, da han så sin grandonkel for første gang.

Kakusu var og blev hans grandonkel og hans forældres morder. Han havde forvandlet ham til en koldblodig hævner! Han havde taget hans trone fra ham, hans familie, hans minder! Kakusu så først forskrækket på Sentaku, så smilede han lumskt og bredte armene ud. "Velkommen ..." Sentaku greb om sit sværd og skar vredt tænder. Kakusu standsede brat op. "Nå, jeg kan se, du slægter din far på." "Tal ikke om ham, dit monster!" Kakusu begyndte at le, først stille og indædt, så højt og hjerteligt. "DU! *DU* kalder *MIG* et monster?!" Kakusu kastede en lysestage mod Sentaku, men den eksploderede en meter væk fra ham. *"DU* er monsteret her! Ingen ved sine fulde fem kan slagte så mange mennesker på én gang! Ikke engang mig!" Sentaku snurrede rundt på hælene og så ned ad den gang, han lige var gået ad. Ubevægelige kroppe lå strøet, stuepiger, tjenere og kammertjenere. Hjertet snak ned i livet på ham. Han vendte sig igen mod Kakusu. "Se! Du ved det. Du er ynkelig, ved du ..." Ordene døde i munden på ham. Han faldt sammen på gulvet. Bag ham stod en butler med en daggert. Sentaku så på butleren, der bare kiggede tørt på liget af sin tidligere herre.

"Hvorfor gjorde du det?" spurgte Sentaku tøvende. Butleren trak på skuldrene.

"Han skyldte mig sytten års løn."

Slaven

Linus Skov, 13 år, Aarhus

Kaptajnens logbog

Dag 111, ud for Nassaus havn, 13. juni 1723

En dag for ikke så længe siden fandt en højst uventet og unormal hændelse sted. Jeg ved ikke, hvorfor jeg finder denne hændelse så ekstraordinær. Dog har jeg på fornemmelsen, at begivenheden, der førte til rekrutteringen af mit nye besætningsmedlem for knap en uge siden, i et finere, civiliseret menneskes øjne ville give mig den uvirkelige glans, som ofte omgiver berygtede helte. Jeg har, for første gang nogensinde, slået ihjel på grund af politik. Da jeg ikke går ind for ekstremisme og finder loyalister samt nationalister latterlige, overrasker det mig med overvældende kraft, at jeg nu har myrdet for retfærdigheden. På mit eget dæk, hvilket jeg anser som mit eget kongerige, hvori jeg er den eneste hersker, sammen med landets stolte, glade befolkning, min frie besætning, dømte jeg en undertrykkende mand, der var søn af selveste guvernør Fernando Lopez de la Vega. Den største tyran, som jeg endnu har kendt. Siden jeg er vokset op som kong Phillip V's illoyale undersåt, ikke i Spanien, men på Cuba, er han dog også den eneste tyran, som jeg har kendt. Jeg husker min ungdom i min stolte nations tjeneste. Jeg var altid iklædt min hvide uniform og lod ikke min riffel, betroet til mig af min retmæssige regering, ude af syne på noget tidspunkt. Men dette var kun, indtil jeg blev forladt. Glemt. Jeg kender til mit nye besætningsmedlems sag, og derfor vil jeg lade ham sejle med mig i år endnu. Jeg ved, hvordan en slave har det. Undertrykt. De bliver holdt magtesløse og stumme af deres herrer. Ja, mit nye besætningsmedlem er en neger. Han var slave, indtil han befriede sig selv.

Han gjorde oprør. Ligesom mig. Nu er han ikke længere nødt til at tjene nogen herrer, anden end sig selv, hvilket er hans gudgivne ret.

Selvom det kan give mig en del besvær at have en eftersøgt, undsluppen slave om bord, har jeg ikke tænkt mig at lade denne stolte frihedskæmper blive undertrykt på ny. Jeg har i forvejen ikke et alt for godt ry blandt koloniernes befolkning. Det kommer forhåbentlig ikke til at skade ryet yderligere. Men hvem bekymrer sig også om en undsluppen slave, andre end dens herre? Og denne slaves herre er død. Det sørgede han selv for.

Jeg er forfærdeligt ked af det, hvis jeg har forvirret læserne af denne logbog med mit ordvalg eller har været for uklar. Jeg vil nu forklare hændelsen på mit øverste dæk nærmere og tydeligt:

For omtrent to uger siden nåede nyheden om den undslupne senegalesiske slave, der kalder sig selv Abdoulaye, men som hans franske tidligere herre navngav Jean-Jacques, mine ører via besætningens munde. De sludrede og fik sig et godt grin. Det er altid opmuntrende for mine drenge, når en af de ækle, men adelige snobber fra kolonierne kradser af. Hele min besætning hader deres tidligere lands regering. Nogle har jeg lært at gøre dette, så de kunne tage med på mit skib, og nogle havde det som deres årsag til at ville slutte sig til besætningen. Ingen mand på dækket havde sympati med den afdøde guvernør Lopez. Heller ikke mig. Faktisk lo jeg højere end nogen anden, så snart nyheden nåede mig. I Havanna havde frihedselskende Jean-Jacques brugt måneder på at forberede sig på denne ene bevægelse. Han havde fundet nye venner, der kunne hjælpe ham med at undslippe, han havde fremstillet og skærpet en dødbringende kniv på egen hånd, og han havde trænet sig selv i at undslippe ud ad palæets vinduer, så snart gerningen var udført. Alle disse forberedelser svigtede ham, da han endelig gik i gang. Jeg hørte i den uofficielle udgave af mordet, at negeren var stivnet, da en soldat, guvernørens søn José, var vandret lige ind ad hoveddøren. Den nu hadefulde og hævngerrige søn havde rettet sin riffel imod Abdoulaye, men glemte at tage sigte og skabte kun et mindre kødsår. I kaoset fik José ikke tid til at lade sine skydevåben, inden en panikslagen Jean-Jacques var hoppet ud ad vinduet. Slaven havde efterladt koloniens stolthed måbende tilbage i sin døde fars luksusvilla. For en frihedskæmper som mig kan bedre nyheder ikke møde mig om morgenen. Derfor besluttede jeg at sætte kursen imod Nassau, hvor besætningen mente, at drengen gemte sig nu. Jeg er, som læseren muligvis har gættet, en lovløs kaptajn. Jeg vil ikke kalde mig selv en forbryder. Jeg er en oprører. Jeg er et af de første mennesker på disse gudsforladte jungleøer, der ikke længere vil finde mig i at blive undertrykt af konger og monarker. Engang fortalte en nær ven mig historien om Oliver Cromwell. Denne religiøse ekstremist var den første frihedskæmper, som jeg nogensinde har hørt om. Han gjorde oprør imod en konge, selvom jeg ikke rigtigt har styr på hvem. Han gjorde det selvfølgelig af de forkerte årsager, men ikke desto mindre gjorde han oprør. Denne historie bekræfter det. Det er muligt. Måske endda i en nær fremtid. Min idé om en revolution finder dog sted i kolonierne. Jeg har nemlig en teori, som lyder som følgende: I Europa har almindelige folk idéerne om, hvordan man skaber en revolution, og derefter holder deres idéer som retfærdige love i en regering. Problemet er bare, at det er selve kilden til problemet, der også befinder sig i Europa. Det er her, kongens indflydelse er størst. I kolonierne er denne indflydelse en del mindre, men til gengæld er der ingen, der har idéerne. Derfor har jeg besluttet mig for at sejle over Atlanten, hente frihedsidéerne og bringe dem tilbage til Cuba, så vi kan skabe en revolution og lave en fri koloni.

Men tilbage til historien om Jean-Jacques og José. Jeg fandt dem begge i Nassaus havn for en uge siden. De sad begge i Lopez-familiens fineste hestevogn, der nu var smurt ind i en slaves blod. Ironisk. Selvom jeg havde fundet dem begge, var jeg knap så glad. Abdoulaye var nemlig bevidstløs. I starten troede jeg, at han var død, men da jeg rettede en pistol imod Josés hoved, fortalte han mig noget andet. Negeren var besvimet på grund af blodtab. Han havde ikke gjort noget ved såret, som riffelskuddet havde forårsaget. Efter at have behandlet knægtens sår gav jeg begge mænd lænker på og kastede dem ned på det nederste dæk. Hernede holdt jeg dem helt alene, men langt fra hinanden og i lænker, indtil skibet var nået et godt stykke væk fra Bahamas. Derefter slap jeg dem fri og stillede dem begge på det øverste dæk over for hinanden. For at få mere at vide om mordet lod jeg dem give hver deres version af begivenheden.

Guvernørens søn forsøgte med det samme at flygte, men det var selvfølgelig umuligt. Noget sagde mig, at han også selv vidste dette. Måske vidste han, at historien, som hans farmands undertrykte, mishandlede slave nu skulle til at påbegynde, ville få mig til at dræbe ham. Han havde god grund til at være bange. Jeg er en retfærdig mand, selvom mange ikke ville sige det samme. Indimellem kan retfærdigheden dog ikke effektueres, da kampen for frihed står højere i mine prioriteter. I dette tilfælde fik jeg givet både retfærdighed og frihed.

Min vrede steg, imens Jean-Jacques fortalte om sin håbløse hverdag i kolonierne. Men jeg forsøgte at holde den tilbage. Som et vildt, utæmmet rovdyr låst inde bag tremmer. Solens stråler blev varmere og varmere, og jeg kunne mærke svedperlerne, der gled ned langs min rygrad. Dog fik jeg det ikke varmere. Jeg frøs. Helt ind i hjertet. Abdoulaye var blevet kidnappet fra sin landsby, da han var 13 år gammel. Han var ikke ret meget ældre nu. Han var 19. De seneste seks år havde været hårde for ham. Mere end hans fattige liv i den franske koloni Senegal. Jean-Jacques og hans mor var gået ud i markerne med deres fjerne slægtninge, der alle boede i deres hus. Den foregående aften var der ankommet en mand til deres landsby. En hvid mand. Han kom ad den samme sti, som negernes ejermand altid gjorde. Denne mand havde forfærdelige sår, men var klædt ud i det fineste tøj. Han lignede selv en baron, men hans gennembankede ansigt tydede på noget andet. Abdoulaye og hans familie ville hjælpe denne mand og gav ham ly for natten. Den næste morgen

34

viste det sig, at manden var eftersøgt. Han var kammertjener i sla-veejerens hus og havde fornærmet en af hans kunder.

Det slog mig pludselig, at jeg for flere år siden havde deltaget i de samme grumme handlinger som disse udyr, da jeg stadig tjente ét land og ikke en idé eller et formål. Det virker for mig som en uhyrlighed, en krænkelse af mennesket, når jeg hører fortællinger om slaver, men dette er en ubekvem sandhed. Ingen vil erkende den. Der findes ikke sympatiske mennesker, der prioriterer andres velfærd lige så højt som deres egen. Ikke endnu.

Tjeneren var nu såret og kunne ikke fortsætte sin rejse, men sla-veejeren var sagtens i stand til at rejse. Han kom ridende ned ad den sædvanlige sti den næste morgen og skød tjeneren, da han fandt ham i Abdoulayes hus. Derefter gav han knægten med i handlen til sin fornærmede kunde som en undskyldning og en kompensation.

Hvad hvis dette var sket for en dreng med en anden hudfarve? En hvid dreng? En brun dreng? Det ville blive opfattet som en kræn-kelse, men ikke når vedkommendes hud er sort eller rød. Så er det en forretning. Og tilmed en velsmurt én. Det er uhyggeligt for mig, en sand og fornuftig filosof, at tænke på, at skæbnens magt er så stor. Hvis jeg var blevet født i den anden ende af verden på dette tidspunkt, så ville jeg være blevet født som slave.

Men selvfølgelig havde José også en udgave af denne historie. Han fortalte, hvordan hans prægtige fader var den retmæssige ejer af Jean-Jacques. Han havde betalt for ham, og han var en nådig mand, siden han havde valgt at tage denne ballademager under sine vinger og ind i sit hjem i Havanna.

Slavedrengen svarede på denne version ved at fortælle om daglig-dagen i guvernør Lopez' palæ. Klokken 4 om morgenen stod han op, og hvis ikke han gjorde det tidligere, fik han ingen morgenmad. Det klarede han sig som regel uden. Hvis han stod op senere end klokken 4, så faldt der virkelig brænde ned. Så måtte han piskes og skulle derefter udføre de ekstra pligter, som normalt var tjenernes opga-ver. Abdoulaye skulle som det første på dagen se til plantagerne, hvorefter han skulle bede stuepigen om at vække guvernøren. Hvis ikke guvernøren vågnede på det rette tidspunkt, præcis klokken 8, ville der blive idømt en ukendt straf. Ofte mere grusom end piskeslagene, da det denne gang var selveste guvernøren, der udmålte den. Det næste på programmet var at hjælpe til med morgenmaden. Sådan fortsatte dagen ellers. Fyldt med arbejde, straf og ingen hvile. Jeg kan slet ikke forestille mig et sådant liv. Så dårlige vilkår havde vi ikke engang i hæren under Arvefølgekrigen. Og selvfølgelig havde José også en undskyldning for disse hændelser. Han mente, at det var retfærdigt. Han mente, at negrene var underlegne i forhold til den hvide race, og at de skulle have nogen til at betvinge dem. Til at kontrollere dem. I hans og hans faders øjne beskytte dem. Han havde det eksempel, at dukker uden tvivl ville ligge stille og livløse, hvis ikke en dukkefører holdt snorene. Afrikanere og rødhuder fortjente at blive undertrykt. Hvis de i sandhed var værdige, så ville de selv gøre oprør uden sympatiske mennesker som mig. De var trods alt lige så mange som os hvide.

Her blev jeg nødt til at bryde ind i diskussionen. Jeg kunne ikke længere se til. Jeg måtte afbryde og råbe: Hvis din kammerat faldt på en gåtur, ville du så sætte dig på ham eller hjælpe ham op? Dette var min metafor. Hvis vores broderrace snublede og endda på grund af os, hvorfor så ikke hjælpe dem op? Hvorfor så fortsat spænde ben for dem? Vi klipper dem som en hæk. En hæk, der skal trimmes, så den er pæn og nydelig og ikke bliver oprørsk og grim.

Med disse tanker i hovedet tog jeg en beslutning. Jeg valgte at gøre en ende på Josés lidelser, siden det ikke ville hjælpe ham at sætte ham af på en ø her. Jeg kunne ikke vende om og sætte ham af i land, da han ville afsløre min kurs væk for imperiets soldater. Jeg havde kunnet skimte i den rasende unge mands uciviliserede øjne, at hans hjerte var tungt af sorg. Jeg havde gjort en ende på hans lidelser, og jeg havde frigivet en slave. Jeg havde ladet retfærdigheden ske fyldest.

27. August, 1791

Kaptajnens Logbog

Kære læsere. Det står mig uklart, hvem denne bog virkelig er henvendt til. Jeg ved ikke, hvem den frihedselskende, men nu afdøde kaptajn ville have læst den for, men jeg vurderer, at han selv ville betragte dette som en ærefuld måde at anvende skriftet på. Mit navn er Dutty Boukman. Jeg er præst. Ikke en kristen præst, vil jeg skynde mig at sige, men en houngan for den afrikanske religion voodoo. Jeg har fået nok af de hvides undertrykkelse af deres slaver her i Saint-Domingue, og efter at have læst dette noble skrift har jeg besluttet mig for at gøre en forskel. Gøre oprør. Til min ceremoni ved Bois Caïman vil jeg uddele dette skrift, imens jeg profeterer, at slaverne Jean Francois, Biassou, Jeannot og Jean-Jacques Abdoulaye skal lede revolutionen. For at forsegle deres skæbne i loyalitet vil jeg uddele den hellige drik, hvori det guddommeligt skabte dyrs blod er blandet. Dette vil være et løfte om evig troskab over for befrielsen af Saint-Domingue og måske endda Hispaniola. Den ædle kaptajns frihedstanker skal sprede sig med revolutionen, for flere slaveejere er også bogtrykkere. Bogen skal trykkes og gives til enhver revolutionær, der er fri og frygtløs nok til at stå imod sin tyran.

Kedelig

Maria Picard Kai, 15 år, Aarhus

Hendes forpustede åndedræt og bankende hjerte larmede næsten lige så meget som regnens tunge slag mod fortovet. Hun løb så hurtigt, som hun kunne. Hun skulle nå bussen, det blev hun simpelthen bare nødt til. Hun havde for længst mistet tidsfornemmelsen. Fra det øjeblik hun hoppede ud ad vinduet, havde hun mistet al form for fornuft og realitetssans.

Hvis hun tænkte over det, vidste hun jo godt, at hun i normal gang var under fem minutter fra busstoppestedet, men nu, hvor hun løb i mørket, havde hun ingen idé om, om hun kunne nå bussen eller ej.

Hendes hvide tennissko ramte direkte ned i en stor vandpyt, idet en rumlende lyd fra en stor motor samt et par blændende forlygter, der lyste natten op, kom til syne mindre end hundrede meter fra hende. Eftersom der ikke var nogen, der ventede eller skulle af ved stoppestedet kørte buschaufføren videre uden at kigge sig tilbage.

"For helvede!" hvislede hun ud gennem sine sammenbidte tænder og stoppede op midt på stien.

Med tunge skridt traskede hun ud til vejen og satte sig på bænken ved busstoppestedet. Hun havde tjekket det hjemmefra. Den sidste afgang var klokken halv tolv, og den var lige kørt forbi hende. Næste gang bussen kom, ville være klokken seks i morgen tidlig.

Hun sad lidt og vidste ikke rigtig, hvad hun skulle gøre. Hun kunne tomle, men sandsynligheden for, at der ville komme nogen bilister forbi hendes stikvej midt om natten, var meget lille, så hun besluttede sig for at følge vejen, indtil den blev større.

Som hun gik der i mørket, kun oplyst af gadelygterne, og kiggede sig omkring i sin lille by, kom det hele tilbage til hende. Skolen. Vennerne. Menneskerne. Det syntes hende, at det var meget lang tid siden, hun havde set dem, men alligevel var det ikke mere end ni timer siden, hun var løbet grædende hjem fra skole. Tanken om, at det hele sluttede lige om lidt, havde skræmt hende ekstra meget i dag. Men sådan var det jo til tider. Der var de gode dage, og der var de dårlige.

Når hun havde en dårlig dag, var det, som om alt det forfærdelige, og også det mindre forfærdelige, hobede sig op og fyldte hele hendes univers. Som om alt, hvad hun så, mindede hende om noget dårligt, noget unfair, noget, hun helst ikke ville tænke på.

Sådan havde det været i dag.

Hun traskede videre ad landevejen og kunne se på husene, som hun passerede, at hun snart ville støde på den store vej. Hun frøs også lidt. Hun håbede virkelig, at der var nogen, der ville samle hende op.

Ude på den store vej kørte der biler forbi hende i susende fart. Ikke så mange som i dagslys, men nok til, at hun kunne håbe på, at der var en, der ville samle hende op.

Hun stillede sig i vejkanten og rakte usikkert armen ud foran sig.

Efter at hun havde stået der i noget tid og følt sig som en idiot, var der endelig en lille sølvfarvet bil, der blinkede fra, stoppede op få meter fra hende og rullede vinduet ned.

Overrasket løb hun hen til den og kiggede ind. I bilen sad en midaldrende mand med jakkesæt på. Han lignede ikke en morder eller en voldtægtsmand, snarere en træt familiefar. Ham turde hun godt køre med.

"Hvor skal du hen?" spurgte han hende med en søvnig stemme og kløede sig lidt i sit tynde, mørkebrune hår.

"Bare væk herfra, hvor er du på vej hen?" spurgte hun ham overraskende selvsikkert og sendte ham et prøvende smil.

"Hele vejen til København," svarede han kort. Det kunne ikke være mere perfekt.

"Det ville passe mig helt fint," sagde hun og krydsede fingre for, at han ville tage hende med.

Han skulle lige til at låse passagerdøren op, da han kiggede op på hende og spurgte:

"Hvor gammel er du egentlig?"

"17," løj hun og håbede, at han ikke kunne se den store forskel fra 15 til 17 år her i mørket.

Det så ud, som om han overvejede det, men så hørte hun en klikken fra låsen og vidste, at han havde taget sin beslutning.

Hun åbnede døren og undskyldte for at være så våd.

"Det gør skam ikke noget, sædet skal nok tørre," svarede han venligt.

"Okay, godt, og hey, mange tak, fordi jeg må køre med," sagde hun oprigtigt og smilede stort til ham.

"Det var så lidt ...?" Han kiggede spørgende på hende.

"Lærke," afsluttede hun hans sætning.

"Det var så lidt, Lærke, jeg hedder Per," sagde han og rakte hende hånden.

*

Lærkes mor var vågnet ved lyden af skridt ude på gangen. Hun havde ikke tænkt, at det var andet end Lærke, der var stået op for at tisse, men da skridtene og støjen fra Lærkes værelse for enden af gangen var blevet ved, havde hun til sidst sat sig op og tændt lyset. Hendes mand lå tungt sovende ved hendes side og snorkede svagt.

Hun smækkede benene ud over sengekanten og fik kuldegysninger, da hendes tæer ramte det kølige trægulv.

Hun åbnede døren og kunne ikke lade være med at fryse, da hun hørte den høje, knirkende lyd, gulvet gav fra sig, da hun så forsigtigt som muligt trådte ud på gangen.

"Lærke, er det dig, skat?" hviskede hun højlydt og begav sig ned mod Lærkes værelse. Da hun ikke hørte noget svar, bankede hun tre gange på døren og kaldte igen. Der skete stadig ikke noget.

Hun besluttede sig for at åbne døren, men til et tomt værelse, hvor Lærke ikke var nogen steder at se.

Var hun gået på toilettet igen?

Lærkes mor tog i døren ud til toilettet, men trådte til sin forbløffelse ind i gennemtrængende mørke.

Moderen begyndte at blive lidt forvirret, og en følelse af ubehag satte sig fast i hendes mave. Hvor kunne Lærke mon være henne?

I håb om at finde hende gemt under dynen gik moderen ind på Lærkes værelse endnu en gang og kiggede sig omkring. Der var noget underligt over værelset, der var så koldt derinde. Først da lagde hun mærke til gardinet, der blafrede frem og tilbage i vinden.

Panikslagen over denne uventede situation løb hun ind i soveværelset igen, hvor hun ruskede i sin mands natskjorte, så han kunne vågne.

Forsovet satte han sig op i sengen og kiggede uforstående på hende.

"Lærke er hoppet ud ad vinduet, hvad skal vi gøre?" røg det panisk ud af hende, hvorefter hun i håb om at blive smittet af hans rolighed tog hans hånd og knugede den hårdt i sin.

"Hvad siger du?" mumlede han uforstående og gned sig i øjnene med hans frie hånd.

Hun kiggede indtrængende på ham, "Lærke er ikke nogen steder at se, og hendes vindue står åbent."

*

"Hvad, øh, laver du ude på denne tid af natten?" spurgte Per prøvende Lærke, efter at de havde kørt lidt tid i stilhed.

"Øh, jeg ..." Hun tænkte nøje over sit ordvalg.

"Du kan sige det til mig, jeg skal nok lade være med at stoppe bilen og smide dig ud," sagde han beroligende til hende.

"Nej det er ikke det, det er bare en lang historie," sagde hun med et vemodigt smil.

"Det gør ikke spor, vi har tre timer," sagde han og lød smule nysgerrig.

"Jeg går i niende klasse, og du ved …" begyndte Lærke, men blev afbrudt af Per.

"Du går i niende? Jeg troede, du var 17," udbrød han.

Hun stivnede midt i sin bevægelse. Fuck. Hun havde glemt, at hun havde løjet om sin alder. Blev han sur? Hun kiggede undersøgende på ham, og til hendes lettelse slog han en hjertelig latter op.

"Undskyld, jeg løj om min alder," sagde hun prøvende og trak lidt på smilebåndet.

"Det er okay, det var godt, du løj, ellers havde jeg nok ikke samlet dig op," sagde han med et grin og tog sig så sammen. "Nå, du var ved at sige …?"

"Ja, jo, jeg går i niende klasse, og…" Hun stoppede op, kunne hun virkelig fortælle hele sin historie til en vildtfremmed mand?

"Ej, det lyder altså vildt dumt," sagde hun genert og kiggede ned.

"Det er jeg sikker på, at det ikke gør," sagde han pædagogisk.

Hun trak på skuldrene og tog mod til sig.

"I min klasse har vi alle forskellige roller, det har man jo i klasser, og de roller er ikke rigtigt til at lave om på," begyndte hun usikkert med blikket limet fast til sine våde tennissko. Hun pillede ved sit hår, snoede det om sin pegefinger, som hun altid gjorde, når hun snakkede.

"Det er virkelig svært at gå i skole, du har ingen anelse," sagde hun dystert og kiggede op på Per for at understrege alvoren i det, hun sagde.

"I hvert fald gjorde jeg noget dumt," sagde hun kort og slog igen blikket ned. Hvad havde hun dog gang i?

Hun ville ikke sige mere.

"Hvad gjorde du?" spurgte Per nysgerrigt.

"Ikke noget vigtigt," svarede hun kort og håbede, at de kunne skifte emne.

"Hvorfor gjorde du det?" blev han ved.

"Fordi jeg prøvede at bevise noget åndssvagt," svarede hun afvisende og vendte sig væk fra ham i sædet.

"Det kan være, det hjælper at snakke om det," sagde han forsigtigt og fangede hendes blik i ruden.

"Det er bare dumt og ligegyldigt," sagde hun opgivende og vendte sig mod ham igen. "Og pinligt."

Hun kunne ikke fortælle nogen, hvad hun havde gjort. Det skulle de tidsnok finde ud af, det havde de sikkert allerede gjort. Lige nu sad de sikkert alle sammen på Facebook og skrev om det, sladrede om hende. Hun fik kuldegysninger ved tanken om, hvad der ville ske, når hendes forældre fandt ud af det. For det ville de helt bestemt. Hvis ikke de fandt ud af det på egen hånd, så ville skolen uden tvivl ringe hjem og fortælle dem det.

Pludselig kunne hun mærke tårerne presse på, hun tørrede dem febrilsk væk med håndfladerne og prøvede at holde sammen på sig selv. Det havde hun øvet sig på at gøre. Men de kom altid alligevel, tårerne.

"Jeg er ikke typen, der fester, drikker og har det sjovt," begyndte hun igen, "eller det ved jeg sådan set ikke, om jeg er, da jeg aldrig har fået chancen for at prøve det ... Jeg er ikke typen, der overrasker folk, jeg gør altid, hvad der bliver sagt, og jeg gør altid alting rigtigt."

Hun havde sagt det til vinduet, det var lettere, det var ligesom at sige det til et spejl, til en dagbog. Men gud, hvor var det rart at sige det højt.

"Jeg hader skolen," hvislede hun til sit spejlbillede og var i tvivl om, om han hørte det.

"Jeg hader de mennesker, jeg hader at skulle forestille at have det sjovt, at skulle lade, som om vi er venner, når alt, hvad jeg egentlig har lyst til, er aldrig at se dem igen" sagde hun nu lidt højere og vendte sig om mod ham.

"Frikvartererne er det værste," sagde hun med alvor i stemmen.

"Det er der, hvor det virkelig vises, om man har venner eller ej, om man er sej eller kikset. Det er der, alle kan se, om man sidder alene eller straks stryger over til de andre."

Hun holdt inde og kiggede afventende på Per, der skævede lidt til hende fra førersædet.

"Sig det bare, jeg lyder åndssvag," sukkede hun.

"Nej du gør ej, overhovedet ikke," sagde han, men virkede stadig en smule målløs.

"Undskyld," sagde hun og ignorerede, hvad han lige havde sagt. Hun skammede sig over sine tanker og vidste, at det ikke var normalt at tænke som hun, hun overdrev sikkert bare.

"Du skal ikke undskylde for, hvordan du har det," sagde Per bestemt og sendte hende et alvorligt blik, "Er der andre, der ved, hvordan du har det?"

Hun rystede på hovedet, der var ikke nogen, hun snakkede med længere, ikke rigtigt i hvert fald. Hun kunne jo godt snakke til dem i skolen, men det blev aldrig til en lang samtale, for det meste af tiden anede hun ikke, hvad hun skulle sige. Det var faktisk det værste af det hele. For hun fik ofte chancen, der var jo rent faktisk nogle af dem, der godt gad snakke med hende. De sagde i hvert fald hej, når de så hende, men så var det, at det gik galt. De stod bare der og forventede, at hun skulle starte samtalen, for hvis hun ikke var sej nok til at finde på noget sjovt at snakke om, så var hun slet ikke værd at bruge tid. Hvorfor kunne de ikke bare selv finde på noget? Hvorfor følte de sig så hævet over hende, at de ikke engang selv tog initiativ til at finde et samtalemene?

Det tænkte hun tit, når de stod der og ventede på, at hun skulle hive noget ud af ærmet. Hun lod tit være med bare at snakke om skolen fra starten, prøvede dem af for at se, om de var lige så "kedelige" som hun selv. Men efter fem sekunder, hvor der ikke var blevet sagt noget, panikkede hun altid, var bange for, at de skulle smutte fra hende, så hun begyndte at snakke om vejret, lektierne, eller om, hvor træt hun var. Mangel på søvn var altid en god undskyldning, for alting. Hvis man ikke kunne finde på noget, så skulle man bare lyve og begynde at spille døsig, søvnig, så grinte folk altid af en og forventede ikke længere, at man var klar til sjov. Man havde fundet den perfekte undskyldning.

"Nej," sagde hun kort for hovedet, "ikke rigtigt."

"Heller ikke en veninde eller din mor?" spurgte han mistroisk.

"Jeg har ikke rigtig nogen veninder," sagde hun og kunne høre, hvor dumt det lød.

"Vent, lad mig omformulere det," tilføjede hun hurtigt. "Jeg har ikke nogen *rigtige* veninder."

*

Lærkes mor sad alene inde i stuen med et tæppe godt trukket op om sig.

Uvisheden om, hvor Lærke befandt sig, gjorde hende ude af stand til at bevæge sig.

Lærkes far var taget ud for at lede, men havde, da hun selv havde tilbudt at tage med, beordret hende at blive her, hvis nu datteren kom tilbage.

Hun havde ringet til Lærkes bedstemor og til nogle af pigerne fra klassen, men ingen af dem havde set hende.

Lærkes mor sukkede, hun havde sådan lyst til at taste 112, men havde igen fået strenge forbud af sin mand mod at gøre det endnu. Det kunne jo let ske, at Lærke dukkede op i løbet af natten, så ingen forhastede handlinger, som han havde sagt.

Den eneste tanke, der beroligede hende, var, at hun havde hørt Lærke snige sig væk, hun var vågnet af det, så hun vidste, at hun ikke kunne være nået langt. Hvor end hun så var henne.

Kaffemaskinen bippede, og hun rejste sig op.

Slap nu af, tænkte hun, det var jo slet ikke sikkert, at det var noget slemt. Måske havde Lærke bare sneget sig ud for at mødes med nogle venner, for at være ung. Hun var jo trods alt 15 år gammel.

Hvorfor var det overhovedet, at hun stressede sådan over det her? Det var først meningen, at hun skulle gøre det i morgen, når Lærke havde været væk hele natten. Nu, nu skulle hun bare tænkte, at Lærke var en fornuftig pige, der vidste, hvad hun lavede. Hun tog kaffen med ned til sofaen og trak igen tæppet om sig.

Når hun tænkte efter, så var der vel en grund til, at hun havde denne mistanke om, at der var noget helt galt. Hun vidste jo godt, at Lærke ikke var sammen med så mange af de andre piger længere, så hvem skulle hun have mødtes med midt om natten?

Hun havde jo også været hjemme i går, da Lærke var kommet grædende hjem fra skole, hun havde jo set udtrykket i hendes ansigt, det fortabte, helt igennem ulykkelige udtryk.

Hun vidste det jo godt, at Lærke ikke var så glad, som hun plejede at være.

Hun tog en slurk af sin kaffe, og rejste sig. Hun var næsten 100 procent sikker på, at der var en forklaring på Lærkes forsvinding, og at hendes datter var et eller andet sted ude i natten, ked af det.

Hun gik ind på hendes værelse, ville se, om der var tegn på, hvor hun var taget hen.

Det første, hun gjorde, var at lukke vinduet; hun kunne ikke lide den uhyggelige blafrende og pivende lyd, som vinden lavede. Derefter satte hun sig i datterens seng og kiggede sig om.

*

Lærke og Per havde kørt lidt i stilhed, da Lærke endelig åbnede munden igen.

"Jeg ved ikke engang, hvordan det skete," brød hun sammen. "Det skete bare, jeg gjorde det bare."

*

46

Lærkes mor havde siddet på Lærkes værelse i et stykke tid, før hun fik øje på dagbogen, der lå gemt under en stak bøger på natbordet. Til at starte med havde hun ikke taget den op, men efter lange overvejelser havde hun til sidst fået bildt sig selv ind, at det var okay at læse i den, det kunne jo være, at det kunne lede hende til Lærke. Hun rakte forsigtigt ud efter den og slog op på første side.

Kære Dagbog...

Hun gøs og smækkede bogen i igen, hun burde virkelig ikke gøre dette. Men hvad nu, hvis hun kun læste den sidste side, datteren havde skrevet? Hun kunne jo bare skimme den, tjekke efter spor. Lærkes mor åbnede bogen igen og bladrede om på sidste side.

... Jeg tror aldrig, at jeg vil kunne se dem i øjnene igen, jeg har gjort noget frygteligt, forfærdeligt. Jeg ville ønske, at jeg aldrig havde taget de billeder!

*

"Jeg besluttede mig for at gøre noget uventet," hulkede Lærke ukontrolleret. "Så jeg tog nogle billeder af mig selv og lagde på Facebook. Uden tøj på. Jeg ved godt, at det er det mest åndsvage, man overhovedet kunne gøre, men jeg havde bare brug for at overraske dem alle sammen, vise dem, at jeg ikke er kedelig."

Hun kiggede ikke på Per, hun turde ikke, hun sad blot med hænderne for øjnene og mærkede tårerne sile ned ad kinderne.

"Jeg ved ikke, hvordan jeg nogensinde skal kunne se mine forældre i øjnene igen, jeg er så ked af det, jeg fortryder det så meget," røg det ud af hende.

"Lærke, Lærke, tag det roligt! Kig på mig, Lærke, det hele skal nok gå, bare træk vejret!" prøvede Per at berolige hende, men hun lyttede ikke.

"Det er derfor, jeg flygter, jeg skal væk, jeg kan aldrig vende tilbage igen, aldrig," fortsatte hun grædende.

"Lærke, hør her! Du ved jo godt, at du ikke kan blive væk for evigt, prøv at tænk på dine forældre, hvor bekymrede de må være," sagde han fornuftigt og klappede hende trøstende på skulderen.

"Du kan tage med mig hjem, vi har et gæsteværelse, du godt må låne, men så skal du også love at ringe hjem," sagde han alvorligt til hende. "Fortæl dine forældre, at du har det godt, og fortæl dem sandheden." Hun kiggede mut op på ham og nikkede så lige så stille. Det var vel hendes eneste valg.

*

Lærkes mor vågnede ved, at telefonen ringede. Hun var faldet i søvn i Lærkes seng med hendes dagbog knuget i hænderne. Hun havde været oppe hele natten og læst den, hun kunne simpelthen ikke stoppe. Hun skammede sig over det.

Hun sprang op af sengen og løb på bare tæer ind i stuen, hvor hun greb røret.

"Hallo, hallo, hvem er det?" spurgte hun forhåbningsfuldt.

"Mor, det er mig, jeg er okay" lød stemmen i den anden ende.

48

Justitia

Signe Marie Kirkegaard, 11 år, Struer

"600 aureus," råbte slavehandleren. Det var mange penge for en slave, vidste jeg. Jeg havde ikke regnet med, at JEG blev valgt til at komme med op på slottet som slave og tjene kejser Nero. Jeg vidste næsten ingenting om kejser Nero. Men alle de rige talte tit om, hvor bestemt og god han var. Gad vide, om det passede. "Justitia – kom herhen!" råbte slavehandleren, selvom jeg stod lige ved siden af. Jeg fik et kæmpe chok og skreg. "Lad være med at skrige, din uduelige unge, gå med manden her, han vil vise dig op til kejser Nero." Køberen smilede ondt til mig. Jeg blev utryg ved ham. Manden tog mig i armen og hev mig med. "Hvor bor kejser Nero?" spurgte jeg. Jeg mærkede noget hårdt ramme min kind. Smerten spredte sig i hele mit ansigt. Han havde givet mig en lussing! Jeg bed smerten i mig, så jeg kom til at bløde lidt på læben. "Lad være med at tale. Du skal blive hans slave! Forstår du det, min pige? Du er et kristent svin!" sagde han med en blanding af vrede og kulde i sin stemme. Jeg nikkede stumt. Jeg var faktisk ikke kristen på nogen måde. Men det havde min mor og far været. De døde, kort efter at jeg var blevet født.

"H...herre?" stammede jeg usikkert. Han kiggede surt på mig. "Mit navn er Slatus," sagde han vredt. Jeg nikkede. "Må jeg spørge dig om noget?" spurgte jeg stille. Han kiggede vredt på mig. Jeg rystede af skræk for, hvad svaret ville blive. "Er jeg kejser Neros eneste tjener?" spurgte jeg svagt. Jeg forventede et slag, men Slatus lo bare. "Kejser Nero har da flere slaver end DIG!" Tænk, at jeg skulle være slave for en kejser. Han lød mere og mere hæslig, jo mere jeg fik at vide. Jeg vidste næsten ingenting om, hvad der skete i Rom for tiden. Hvad var det nu for et årstal, det var? Det er rigtigt, år 66. Jeg gik stadig ved siden af Slatus. Skulle vi GÅ hele vejen til kejser

49

Neros slot? Jeg behøvede ikke at spørge om det, for pludselig kom en hestevogn kørende lige ind foran os. Jeg kiggede beundrende på den. Den var virkelig flot. Den havde jernhjul, og dekorationerne på den var af bronze. "Dette er faktisk min hestevogn. Jeg fik den i gave af kejser Nero. Han er virkelig gavmild," fortalte Slatus. Jeg spekulerede lidt over det. Måske var kejser Nero slet ikke så slem. "Jeg skulle kun dræbe 20 kristne for den!" lo Slatus. Jeg kiggede forarget på ham. Sikke en forfærdelig mand! Jeg satte mig til rette i hestevognen. Hele mit liv havde jeg levet på OPF som betyder Orphani Puellarum Filiorum. Det betyder De Forældreløse Børns Hjem. Der boede de forældreløse børn, som havde mistet deres forældre. Jeg stod på listen over dem, der havde været der længst. *Justitia Sacchi*. Der boede 5-10 børn. Hver måned blev en solgt som slave, og en ny kom til. Da mine forældre døde, blev jeg anbragt der. Jeg blev anbragt der sammen med et brev, som jeg fik læst op, da jeg var lille. I brevet stod: *Stultum est timere quod vitare non potes. Det betyder, det er dumt at frygte det, du ikke kan undgå. Kys mor og far.* Det brev havde jeg altid i lommen. Pludselig mærkede jeg et ryk. Vi var stoppet. Slatus tog mig i armen og rev mig ud. Et enormt hus stod foran mig. Jeg kunne slet ikke kigge nok på det! Det var helt vildt smukt! Slatus rev mig indenfor. Det første, jeg så ved indgangen, var en gylden statue af en mand med bølget, kort hår. Statuen havde et rundt ansigt. "Det er kejser Nero," sagde Slatus og pegede på statuen. Jeg kiggede overrasket på statuen. Tænk, at han fik lavet en statue af sig selv! Jeg kiggede imponeret rundt, imens vi gik rundt i huset. Væggene var prydet med guld og perlemor. Jeg kunne godt leve sådan et sted resten af mit liv, tænkte jeg. Jeg gik stadig ved siden af Slatus. Snart skulle jeg møde kejser Nero. Jeg lagde mærke til, at der stod to piger og kiggede sørgmodigt på Slatus og mig. Slatus ignorerede dem. Pigerne var tynde og havde fedtet, glat hår. De havde rande under øjnene. Min glæde forsvandt lige så hurtigt, som den var kommet. Jeg ville ikke blive sådan. Jeg ville holde humøret oppe! Slatus standsede pludselig. "Skal jeg ikke møde kejser

Nero?" røg det ud af mig. Slatus så rasende på mig. "Nej, du skal
ej! Bliv her, jeg kommer tilbage om lidt med din makker," hvæsede
han. Jeg nikkede skræmt. Jeg kørte min højre hånd igennem mit
hår. "Huset skulle gerne være færdigt om to år," sagde Slatus, lige
før han gik. At huset ikke var færdigt, var meget svært at tro. Men
jeg lagde dog hurtigt mærke til, at der manglede stykker af huset
nogle steder. Efter cirka 10 minutters tid kom Slatus hen til mig.
Men han var ikke alene. En pige stod ved siden af ham. Hun havde
bange brune øjne og brunt hår. "Dette er din makker, tøs!" hvæsede
han vredt. Jeg kiggede på pigen. "Har du tænkt dig at glo sådan
hele dagen?" spurgte hun hånligt. Jeg gik forarget et skridt væk.
"Mit navn er Octavia. Jeg var køkkenpige før det her. Faktisk kunne
jeg meget bedre lide køkkenet end det her. I køkkenet var der i det
mindste pæne folk," sagde Octavia koldt.

Jeg mærkede raseriet boble i mig. Men jeg måtte holde hove-
det koldt! Det her skulle gennemføres, så jeg kunne vende tilbage
til OPF. "Jeg glæder mig, til jeg kommer hjem igen. Der er folk i
det mindste en smule flinke, selvom man bliver behandlet som en
kristen!" hvæsede jeg tilbage. Octavia himlede med øjnene. "Skal
hun virkelig være min makker?" spurgte jeg Slatus. Han nikkede
ondt. Så gik han. Jeg gabte og lænede mig op ad muren. "Hvor
kommer du egentlig fra?" spurgte Octavia henkastet. Jeg løftede
det ene øjenbryn. "OPF," sagde jeg bare. Hun nikkede. Alle kendte
OPF. Det var det mest berømte sted for hjemløse børn. "Hvor er du
fra?" spurgte jeg nysgerrigt. Jeg ville give hende en chance til for
at være flink. "Locus. Et sted for kristne. Da jeg var lille, kom der
nogle og besatte Locus," sagde Octavia. "Men hvor lang tid har du
været her?" spurgte jeg forsigtigt. Hun vendte sig vredt imod mig.
Et øjeblik troede jeg, at hun ville slå mig. Men nej ... "Siden jeg var
fire," sagde hun bare. Jeg undrede mig. Hvorfor havde hun været
her så længe? "Heldigt, at jeg snart skal hjem igen. Det vil være mig
en ære at tjene kejser Nero, men OPF vil altid være mit hjem," sagde
jeg stolt og smilede over hele ansigtet. Octavia rynkede panden.

"Hvad? Du kan da ikke mene, at du tror, at du skal *hjem* herfra? Nej, du skal blive her til dine dages ende," sagde Octavia. Men hun løj. Selvfølgelig kom jeg tilbage til de andre. Jeg kiggede på Octavia. Hun havde rettet blikket mod en af gangene. Jeg så nogen nærme sig. Han lignede manden af guld på statuen. Kunne det være, KEJSER NERO? Jeg kiggede beundrende på ham. Jeg lagde slet ikke mærke til Octavia. "Han ser virkelig mægtig ud," hviskede jeg til hende. Hun svarede ikke. Jeg ænsede det slet ikke. Da kejser Nero var blot fem meter fra os, fik jeg et spark over skinnebenet af Octavia. Jeg bed mig hårdt i læben for ikke at bande af smerte. Av, det gjorde ondt! Kejser Nero stod nu lige foran mig. Jeg stirrede bare på ham. Jeg kiggede derefter ned på Octavia. Hun så bange på mig og derefter på gulvet. Hvad mente hun? Nu opdagede jeg, at hun knælede. Jeg nærmest kastede mig ned på knæ. Kejser Nero kiggede lidt på mig. "Du er vist ny her?" spurgte han roligt. Han virkede egentlig ikke særlig farlig. Men når Octavia så så bange ud, var han nok ikke særlig rar. Jeg ventede på, at Nero ville sige noget. "Giv mig nogle figner! Jeg er ligeglad med, hvem der henter dem af jer to!" sagde han vredt, som om vi havde gjort ham noget forfærdeligt. Octavia rejste sig og gik mod køkkenet. Jeg blev. Jeg rejste mig op og kiggede på Nero. "Hvorfor har du ikke en tunika på?" spurgte han vredt. Jeg vidste ikke hvad jeg skulle sige. Jeg kiggede ned ad mig selv. Jeg havde kun en gammel, plettet og lappet brun kjole på. Mine fødder var bare. "Jeg har aldrig fået sådan en tunika derhjemme ..." sagde jeg nervøst. Nero lo ondskabsfuldt. Hvorfor gjorde han det? "Derhjemme? Dette er dit hjem nu. Tænk, jeg fik lige den tanke, at du troede, at du skulle HJEM herfra!" hånede han leende. Jeg kunne ikke tro mine egne ører. Nu havde jeg hørt fra to personer, at jeg ikke skulle hjem. Kunne det virkelig passe? Skulle jeg aldrig hjem igen til de andre? Den tanke gjorde mig trist. Nero stod bare og ventede. Efter lidt tid kom Octavia tilbage. "Det var sandelig også på tide, pigebarn, fór du vild?" spurgte Nero hånligt. Octavia nikkede stumt. Nero fnyste forarget. Han tog fignerne. Jeg rejste mig op. "Jeg får en kvinde til at komme og klæde dig på," sagde han, inden han gik videre. "Hvor er han dog forfærdelig!" sagde jeg forarget. Jeg kiggede efter ham. Octavia kiggede på mig. Så rystede hun på hovedet. "Det der er ingenting! Du skulle se ham, når han er vred," sagde hun. Jeg kunne se, at hun rystede bare ved tanken. Var han ikke vred, da han kom? Jeg kom igen til at tænke på, at jeg ikke skulle hjem herfra. Det var trist. Jeg stak min hånd ned i min lomme. Jeg rodede lidt rundt i den. Så fandt jeg den! En lille pose sukker, som en af drengene fra OPF havde været nede i køkkenet og stjæle. Octavia så mærkeligt på mig. Jeg lagde sukkerposen ned og foldede den ud. Så satte jeg mig på knæ foran den. "Fortuna, hør min bøn! Jeg søger held i mit liv. Du er en almægtig gud," sagde jeg med lukkede øjne. "Hva' i Guds navn var det?" spurgte hun. Jeg fik næsten et chok. Hun havde sagt "Hva' i 'Guds' navn var det?" Hun havde sagt Gud. Det var ham, de kristne troede på. Octavia kiggede stadig på mig. "Du sagde jo Gud? Han findes ikke, det er de romerske guder, der findes!" sagde jeg vredt. Octavia så lige så vredt på mig. "Nej. Romerske guder er noget fis!" Jeg stirrede på hende.

I de næste uger snakkede Octavia og jeg ikke med hinanden. Det var ikke et specielt hårdt arbejde at stå der som slave. Men somme tider, når kejser Nero ikke var tilfreds med noget, kunne han godt finde på at slå. Det var ubehageligt, men nødvendigt, sagde han altid. Jeg var efterhånden træt af at blive behandlet som et dyr. Men jeg måtte jo finde mig i det. En dag, da jeg stod på min post sammen med Octavia, kunne jeg ikke holde ud ikke at tale med nogen. "Du må undskylde, at jeg sagde, at din Gud ikke findes!" røg det ud af mig. Octavia kiggede overrasket på mig. Så smilede hun. "Det gør ikke noget. Du må også undskylde, at jeg sagde, at dine guder var noget værre fis," sagde hun smilende. Jeg nikkede. Det her skulle nok blive et godt venskab. Octavia blev faktisk mere og mere sød, jo mere jeg lærte hende at kende. En dag, hvor vi stod ved muren og snakkede, spurgte jeg Octavia om noget: "Hvordan kan det egentligt være at du var så 'ond' ved mig lige da vi mødtes?" Octavia kiggede ned i gulvet. "Øh jo, jeg har jo haft mange venner og sådan. Nogle, som jeg kom virkelig tæt på. De er alle sammen blevet solgt videre som slaver. Så hvorfor skulle jeg blive venner med nogen, hvis de alligevel skal rejse?" sagde hun og bed sig i læben. Jeg nikkede. Jeg kunne godt forstå det. Jeg havde heller ikke haft nogen venner på OPF. Faktisk havde jeg næsten ikke lyst til at komme tilbage. Jeg havde det faktisk dejligt her. Jeg fik et lille stykke brød og et bæger vand hver dag. Jeg var blevet tyndere, og jeg var tit sulten. Men jeg bestilte jo næsten ingenting. Jeg stod bare der sammen med Octavia. Pludselig stod kejser Nero foran os. Octavia tog det lidt mere roligt, nu hvor hun havde set, at der ikke skete noget, hvis man ikke lige bukkede med det samme. Men denne her gang var hun vist lidt for rolig. "Jeg vil gerne have et brød, nu!" sagde Nero barskt. Jeg skulle til at gå af sted efter det, men Octavia holdte mig tilbage. "Hør her! Du kan ikke bare tro, at vi vil gøre ALT for dig!" sagde hun hårdt. Jeg holdt vejret. Nero kiggede ondt på Octavia. Så sparkede han hende meget hårdt i maven. Hun faldt bagover. Jeg kunne se, at hun anstrengte sig meget for ikke at græde. Nu var det nok! Sådan skulle han ikke behandle os! "Kan du SÅ sige undskyld!" sagde jeg rasende til ham. Han lo bare og gav mig en lussing. "Jeg skal vist snart have fodret mine 'kæledyr' med noget ..." sagde han hånligt og gik videre. Jeg kiggede rasende efter ham. Senere om aftenen i soveværelset, hvor alle slavepigerne sov, kaldte jeg Nero alle de værste ting, jeg vidste. "Slap nu af, Justitia!" lo Octavia og lagde sit tæppe på plads. De andre slavepiger ignorerede mig bare. "Jeg vil flygte i nat!" sagde jeg højt. Octavia vendte sig om. De andre piger stod bare helt stille. "Justitia, tænk dig om! Du har ingen chance mod kejser Neros vagter!" sagde Octavia skrækslagen. "Nej, jeg har måske ikke, men det har vi!" sagde jeg bestemt. Octavia rystede på hovedet. "To piger kan heller ikke ..." Jeg afbrød hende med det samme. "Jeg mente alle os slavepiger!" sagde jeg triumferende. Octavia kiggede på mig. "Jeg er ikke sikker på, at der er nogen, der vil," sagde hun. "J-jeg vil gerne," lød en lille stemme ovre fra et hjørne. Det var en pige på cirka 7 år. "Okay! Alle, der vil være med, ræk hånden op! Jer, der ikke vil være med, vær søde ikke at sige noget til kejser Nero eller hans vagter," sagde jeg. 4-5 piger rakte hånden i vejret. Det, der sårede mig mest, var, at ingen af dem var Octavia. "Jeg vil ikke være med!" sagde Octavia bestemt. "Vi har ingen chance for at få mad, husly eller tøj!" sagde hun. De andre piger nikkede. "Helt ærligt? Jeg vil hellere dø end at tilbringe alle mine dage her!" sagde jeg hårdt. Octavia himlede med øjnene. "Kan vi vente til i morgen?" spurgte hun så. Jeg rystede på hovedet. "Hvis du ikke er klar i dag, er du mindre klar i morgen!" sagde jeg. Octavia tøvede lidt. "Fint," sagde hun så. Jeg smilede. Vi sagde hurtigt vores navne til hinanden. Det viste sig, at den lille 7-årige pige hed Melina. Jeg begyndte at forklare planen til de andre. Da jeg var færdig med at fortælle, nikkede de. Det var en god plan, syntes de. Den første, der gik ud, var en af de ældste piger på cirka 17 år. Vi hørte tydeligt hendes skrig derude. Det var meningen. Hun skulle tilkalde vagterne. Vi hørte også hurtige skridt, høje råb og bandeord. "Kan du gå ind i din sovesal, uduelige tøs!" råbte de. Nu var det min tur. Jeg løb hurtigt ud til hende. "Hvad sker der?" spurgte jeg. En af vagterne kiggede på mig. "Jo, ser du. Din ven er blevet tosset! Sådan at skrige op. Hun vækker alle de andre!" skændte han. Jeg kiggede helt roligt på ham. "Skal jeg følge dig og dine mænd ind i et rum, hvor I kan tale i fred om, hvordan I løser problemet?" spurgte jeg. Jeg håbede, at vagterne hoppede på den. Det gjorde de. "Du er da en god slave," sagde en af vagterne. "Jeg vil tale med kejser Nero om, at du skal have mere at spise." Nej, for du kommer ikke til at snakke med kejser Nero, før du er død, tænkte jeg. Jeg bad dem om at følge med mig. Nu var de andre på vej ud af sovesalen. Da vi havde gået i 10 minutters tid, standsede jeg foran en dør. "Her kommer der ALDRIG nogen!" sagde jeg. Vagterne gik uden videre derind. Så smækkede jeg døren i og lagde en stor pind ind mellem håndtagene, så man ikke kunne åbne døren. Vagterne begyndte at råbe og bande derinde. Jeg løb tilbage, den vej jeg var kommet fra. Nu var nogle af vagterne ryddet af vejen. Så kunne jeg kun håbe på, at det var gået godt for de andre. Pigerne stod heldigvis ved sovesalen, så de havde klaret det! Men de så triste ud? "Melina blev fanget," snøftede en af pigerne. Octavia fortalte, at pigen var Melinas søster. Jeg sukkede. Det var trist at miste en. Men vi måtte videre! Da jeg fortalte dem det, forventede jeg, at de ville protestere, men ingen gjorde det. Jeg havde lyst til at spørge hvorfor, men svaret kom, før jeg spurgte. "De tog hende med, og Octavia hørte dem sige, at hun skulle brændes," sagde en af pigerne trist. Jeg nikkede sørgmodigt. "Men fik I vagterne ryddet af vejen?" spurgte jeg. De nikkede, stadig med det triste udtryk i ansigtet. "De er på vej ind til byen efter den falske forbryder, vi fortalte dem om," sagde Octavia. "Så må vi da hurtigt af sted!" sagde jeg hurtigt. Så løb vi, alt hvad vi kunne. Vi havde fjernet vagterne fra den lille udgang, som var i et hjørne af huset. Vi kravlede alle sammen ud ad den lille dør. Nu var vi ude! Pludselig opdagede jeg, at vi stod på en altan. Åh nej! Jeg havde glemt, at udgangen var ovenpå. Vi var fem meter oppe i luften! Jeg kunne høre hurtige skridt bag mig. Jeg satte mig op på gitteret og sprang uden en lyd. De andre piger skreg. Jeg landede hårdt på jorden. Det føltes, som om at håndled var brækket, for det gjorde afsindig ond i det. Jeg ømmede mig. Men jeg kunne ikke stå og ømme mig over et brækket håndled, når vores liv stod på spil! "HOP!" skreg jeg til pigerne. "HOP NED!" Da de andre piger så, at jeg ikke var død, hoppede de også. Nu var der kun en tilbage oppe på altanen. Det var Octavia. Hun sad på gitteret. "JEG TØR IKKE!" skreg hun grædefærdig. Jeg kiggede fortvivlet på hende. "TRO PÅ DIG SELV, KOM NU, OCTAVIA!" skreg jeg fortvivlet. "DET ER DUMT AT FRYGTE DET, DU IKKE KAN UNDGÅ!" I det øjeblik sprang Octavia. Sekundet efter at hun var sprunget, så jeg to vagter løbe ud på altanen. Octavia lå på jorden. Jeg troede et øjeblik, at hun var død, men så bevægede hun sig. Jeg løb hen til hende. "Der er ikke tid, kom nu, Octavia!" sagde jeg til hende. Hun rejste sig op. "J-javel" stammede hun. Så løb vi igen. Vi fandt hurtigt ly i en skov.

Der mødte vi en gruppe af andre bortløbne slaver, som vi sluttede os til. Vi hjalp hinanden med at overleve i skoven, selvom vi hele tiden skulle være på vagt for kejserens soldater. Sådan levede vi de næste par år. For hvis der er noget, jeg har lært af tiden som slave, så er det: "Bene vixit qui bene latuit" – Den, der lever skjult, lever godt.

Fugl i bur

Lærke Johanne Jessen, 16 år, Aarhus

"Birds ... scream at the top of their lungs in horrified hellish rage every morning at daybreak to warn us all of the truth. They know the truth. Screaming bloody murder all over the world in our ears, but sadly we don't speak bird."
— Kurt Cobain

Min mave larmer, og det er ikke af sult. En kødlugt har spredt igennem den smalle gang fra køkkenet og ind under døren til mit værelse, og for en "næsten – og så overhovedet ikke alligevel –vegetar" kan det være den mest frastødende lugt. Mor sidder allerede ved spisebordet. Hun har dækket op til to, og min tallerken er placeret overfor hendes. Så snart jeg har sat mig, beklager min mave sig igen.

Lugten af kød forstærkes, da hun dypper øseskeen ned i massen af kød og chili. Jeg rækker ud efter salaten og planlægger at skovle den ind for at udskifte den nykommende kvalme med noget friskt. Jeg fokuserer på salaten og opdager, at det virker. Kvalmen har trukket sig tilbage og ligger nu og brummer stille og roligt.

Mor har været ved frisøren. Hun har fået håret farvet lyst igen. Gad vide, hvordan en psykolog ville forklare kvinders trang til at dække deres kommende grå hår med kemikalier. Eller bedre end det, gad vide, hvordan jeg kommer til at have det, når jeg er samme alder. Udover det falske blonde hår er hun en meget smuk kvinde, der på ingen måde har brug for falsk opbakning for at se godt ud. Hvilket er dejligt, når man selv render rundt med de samme gener.

Jeg opdager, at hendes mund bevæger sig.
    "...Utroligt altså."

"Oh, sorry, jeg hørte ikke lige efter. Hvad?"

Hun smiler og siger: *"Jeg brokkede mig bare over den skide måge, der bliver ved med at sidde og skide på vores altan!"* Efterfulgt af en lav, undskyldende latter.

Jeg propper mere salat i gabet og svarer igen.

"Det' nok ikke den samme fugl hver gang, mor. Nok ik' engang en måge."

"Nej, jeg har set den der ude på altanen, og det er helt sikkert en havmåge. Hvordan er det gået i dag, skat?"

"Fint nok," lyver jeg. Mit *"go-to"*-svar, når det kommer til, hvordan jeg har det. Hvilket *er* fint nok, mor ved godt, at jeg lyver, og jeg ved godt, at hun ikke kan tåle at høre mit rigtige svar.

Jeg smiler og tilføjer:

"Hvad fa'en laver en havmåge i Højbjerg, det er jo bare åndssvagt."

"Der er masser af dem i hele Aarhus," siger hun imellem mundfulde af chili. *"Der er alt for mange, faktisk. Politikerne snakker meget om det lige for tiden."*

Det er det dummeste, jeg længe har hørt. Jeg kigger op fra min tallerken og starter en af mine yndlingsaktiviteter. At diskutere.

"Så det, du siger til mig, er, at en eller anden stakkels arbejdsløs mand skal gå rundt nede på havnen og skyde hjælpeløse dyr?"

Mor tænker sig kort om. Jeg er overbevist om, at jeg har fanget hende i et moralsk dilemma.

"... Om natten selvfølgelig!" Hun kigger på mig og fortsætter: *"Ikke at det gør nogen større forskel, men du skal tænke på, at der er en grund til, at de gør, som de gør. Der er for mange af mågerne, og det påvirker byen."*

Hun ser, at jeg stirrer opgivende ned i bordet. Jeg kan mærke, at jeg er ved at flippe ud.

Masochistisk, at diskussioner er en af mine yndlingsbeskæftigelser, når de samtidig giver mig lyst til at skrælle mit ansigt af med en ske. En psykolog ville sikkert slubre mig grådigt i sig, hvis han fik lov. Hvilket ikke kommer til at ske, da det er det sidste, jeg vil bruge min tid på. Heldigt nok for ham, da jeg højst sandsynligt ville ende med at skrælle *psykologens* ansigt af med en ske.

"Jeg forstår stadig ikke, hvorfor folk, der deler IQ med en sten, har lov til at bestemme over mågerne." Mors stemme hæver sig en smule. *"Ej, nu går du vist lidt for vidt. Jeg synes, du skal køle lidt ned, skat."* Jeg retter blikket imod hende. Det var hendes forsøg på at afslutte diskussionen, men jeg var først lige begyndt. Nu var jeg ude. *"Hvem har bestemt, at det er en menneskeret at bestemme over andre arter? Måske er vores hjerner mere udviklede, men derfor burde vi jo netop også kunne se, at det er forkert. Og ..."*

"Så du, teenageren, der bruger hele dagen på sin computer, syntes simpelthen, at vi burde leve i pagt med naturen?" Kvalmen kommer væltende frem. Jeg kan mærke, at det er helt galt, og jeg holder straks en hånd foran min mund. Jeg kan smage bræk bagest på min tunge, men tvinger min mave i ro. Det er filtret igen. Det bryder sammen, og kaffegrums smager forfærdeligt. *"Det ved jeg ikke, okay? Jeg synes bare ikke, det er ..."* Min stemme knækker. *"Fair."*

Det er ikke fair. Jeg skriger, så højt jeg kan, og jeg skal knække mig. Bortset fra den første ting. *"Lille skat dog! Hvad er der dog?"* Hun kommer tættere på. Det har jeg brug for, men jeg har virkelig ikke brug for lugten af hendes ånde, der rammer mig stærkere, jo tættere hun kommer. Jeg gribes af panik. Toiletdøren har en lås, som virker mærkeligt tiltrækkende lige nu, og jeg kaster mig ned mod gulvet, til venstre for mors mislykkede omfavnelse.

Før hun når at reagere, er jeg halvvejs nede ad gangen. Tårer blander sig med resten af diverse væsker på den nederste halvdel af mit ansigt. Jeg mister balancen og vælter. Alt bliver mørkt.

***

"Hey! Dig! Dig derhenne! Må jeg ikke godt tage fuglene med ind?" Jeg kigger mig forvirret omkring. Det er mig. han snakker til.

"Øh ... Nej?" Jeg ved, at det er det rigtige svar, men jeg har ingen idé om hvorfor.

"Ej, kom nu! Lille pige, jeg ... Nej, vent! Du må ikke gå!" Han går to museskridt tættere på mig, imens han gnider sine hænder nervøst. Han har et mærkeligt charmerende udseende, men udover det skræmmer han livet af mig.

"Ser du, det er sgu fordi at fuglene er i bur, du!" Han kigger på mig med rynker i panden. Det går først op for mig nu, hvor beskidt manden er.

Han ligner tiggeren, man ser på alle undergrundsstationer i Europa, med et skilt og et lille papkrus til småmønter. En forvokset Oliver Twist.

"Can I have some more, sir?"

Jeg svarer ham: *"Selvfølgelig er de i bur! De er jo fugle!"* Jeg ruller med øjnene af ren og skær, barnlig fornøjelse over at have ret.

Han er skuffet.

***

Jeg vågner, desorienteret, svedig. Mine øjne vænner sig langsomt til mørket, imens jeg føler mig frem til, at jeg ligger på gulvet i gangen. Jeg drejer mig halvfems grader og kigger op. Det tager mig et par minutter at fokusere ordentligt, og jeg ser, at uret viser lidt over et. Mørket bliver ødelagt af en stribe dæmpet lys, der kommer fra stuen. Døren står på klem, og jeg kan høre tilfældige stemmer fra tv'et. Mor sidder med ryggen til mig, da jeg åbner døren og rømmer mig.

Hun reagerer ikke, og min hals snører sig sammen. Den er tør, i modsætning til mit tøj, der klistrer sig til mig.

"Det er sent," er det eneste, jeg kan finde på. Hvis det ikke var for en lille bevægelse med hendes ene ben, kunne hun være død.

61

Ikke et ord, knap nok lyden af hendes vejrtrækning. Der er noget ved belysningen, eller manglen på samme, der gør mig svimmel. Jeg holder fast i dørkarmen med den ene hånd og niver mig selv med den anden. Jeg bryder stilheden igen: "Mor?" efterfulgt af en minutlang pause.

"Det var ikke sådan, det skulle være", siger hun fraværende. Jeg bliver stående i døråbningen. Intet kan få mig til at gå hen til hende og hendes, gætter jeg på, ufokuserede øjne.

"Hvad?" Min hals vrider sig strammere som en karklud og har overladt sin fugtighed til mine øjne, der drukner. Jeg vil ikke være herinde, men jeg kan ikke gå, det gør ondt at gå, og hvor skal jeg gå hen? Min mor rører sig ikke, svarer ikke.

Jeg vender mig om og går ned ad gangen, hvor jeg tidligere vågnede. Min fod rammer noget, og jeg kigger ned og ser et glas vand. Glasset er blevet placeret ved siden af der, hvor jeg lå, og pludselig hører jeg min mor: "Det var slet ikke sådan her, det skulle være."

I stilhed går jeg ned ad gangen, ind på mit værelse, og stopper først, da jeg når min seng.

**

"De fortalte mig ellers, at du var klog." Hans hænder flyver opgivende op i luften, imens han vender sig om og går væk.

"Vent!" Han må ikke gå væk. "Sorry, måske svarede jeg lidt hurtigt ... Altså hvis det bare er et par fugle ..."

I løbet af sekunder er han kun centimeter fra mit ansigt. Beskidte negle borer sig ind i mit håndled, og jeg hviner af smerte. Skidtet på hans hænder smitter af på mine, og lugten af ham piner mig. Han er alt for tæt på.

"Jeg bliver ved med at fortælle dig ..." Hans læber har trukket sig tilbage i en forfærdelig grimasse, og for første gang ser jeg, at selv hans tunge er sort af skidt. "... at det ikke kun er et par fugle! Vi snakker krager, spurve, havmåger!"

*Han rækker ud efter mit ansigt. Jeg drejer hovedet væk fra ham i
væmmelse, men han er for stærk.*

*Jeg mærker hans negle skære i mine kinder. Han trækker mig tættere
på og hvisker:*

*"I har ikke en chance. For hvis de flokkes, hvordan kan I så nogen-
sinde besejre dem?" Det sidste siger han med et stort, sort smil på sit
forvrængede ansigt.*

Neglene slipper, og jorden forsvinder.

Jeg vågner og opdager, at jeg har låst mig inde på badeværelset.
Hvordan er jeg havnet her, og hvor længe har jeg sovet? Jeg får
ingen tid til at tænke mig om.

"Skat! SKAT! Luk op LIGE NU!" Hun hamrer på døren og river i
håndtaget. Med min venstre hånd drejer jeg nøglen, og døren bliver
revet op.

Igen ser jeg hendes mund bevæge sig. Jeg prøver at forbinde
mundbevægelserne med lyde, men det fungerer ikke. Efter at jeg har
opgivet at forstå, hvad hun siger, læner jeg mig ind over toilettet.

Min mave afslutter sit oprør.

***

For få timer siden sad jeg bøjet over toilettet efter et udmattende
blackout. Mor undskylder det altid ved at kalde det "febervildelse",
og jeg retter hende ikke. Det virker, som om det gør hende mindre
nervøs for mig at simplificere den slags "situationer".

Jeg bruger ti minutter på at skrive drømmen om Manden ned. Jeg
bruger ti minutter på at stirre på et blankt stykke papir. *"En fløj over
gøgereden, og det var i hvert fald ikke mig!"* siger jeg til mig selv og
går ud mod køkkenet.

Døren ud til køkkenet er lukket, og jeg kan høre min mor snakke i
telefon. Grådkvalte lyde forvandler sig til ord, og en samtale mellem
mor og hendes mobil udspiller sig.

"Jeg ved ikke, hvad jeg skal stille op længere."

"..."

"Jamen det har jeg gjort! Hun sagde, at blodprøverne ikke viste noget, og at det hele er ... psykisk."

Min hud trækker sig sammen af væmmelse over den måde, hun artikulerer det sidste ord på. Det er forfærdeligt at stå på denne side af døren. For ikke at nævne, hvordan det mon må være at stå på hendes side af den.

"Lægen tror, at de er resultater af, at hendes hjerne gør oprør imod hendes krop. En slags mental overophedning."

"..."

"Ja ... Ja ... Klart ... Okay, jamen så snakkes vi ved. Hej."

Hun lægger på.

Før jeg når at reagere, er køkkendøren åben, og mor kigger overrasket på mig. Hun tørrer sine øjne med undersiden af sit ærme. *"Oh, hej skat."* Hun smiler, men er tydeligvis pinligt berørt over situationen. *"Jeg skulle lige til at begynde på at lave noget mad."*

Jeg svarer ikke, men går ind i køkkenet og sætter mig på køkkenbordet. Mor åbner køleskabet.

"Jeg ved ikke, hvor meget du hørte af den samtale, men ..." Hun kigger stadig ind på maden i køleskabet, men jeg kan mærke, at det mest er en undskyldning for ikke at kigge på mig med tårevædede øjne.

"Mor," afbryder jeg, *"Det er okay. Du skal ikke sige undskyld, og jeg vil bare ha', at du skal vide, at jeg er ked af, hvordan jeg opførte mig i går. Undskyld."*

Mor omfavner mig. Denne gang er det hverken frastødende eller mislykket, og jeg placerer min hage i skålen ved hendes skulder. Sådan står vi lidt, indtil jeg mærker hendes negle imod min ryg. De presser sig dybere ind i min trøje, indtil jeg kan mærke dem fæstne sig i min hud. Jeg ømmer mig, men hun holder mig kun tættere ind til sig. En dræbende omfavnelse.

Mit øre bliver fyldt med en fæl ånde, der spreder sig, da hans læber skilles.

"De kommer! De flyver i flok, og der er intet, I kan gøre!" Han er ekstatisk, og hans stemme får mig til at skælve. Den er umenneskelig. *"Giv slip!"* råber jeg, imens jeg river ud efter ham med mine negle. Jeg mærker, at jeg rammer ham, men mine negle efterlader ingen mærker i hans ansigt. Han holder mig stadig lige så hårdt fast som før, og det er, som om hans kræfter er uendelige. Det er mine til gengæld ikke, og jeg begynder langsomt at give op.

I et sidste forsøg på at slippe fri, kaster jeg min højre arm bagud og søger efter et våben. Køkkenbordet bag mig er tomt, og jeg skriger min frustration ind i ansigtet på manden.

Med et skrig kaster jeg mig bagud, baglæns ind over komfuret. Han følger med, og hans læber trækker sig tilbage i hans velkendte grimasse. Hans negle er nu boret ind i min nakke, og jeg ser en mulighed for at såre ham. Med min ryg imod komfurets glatte overflade presser jeg med al min benkraft mandens nakke og baghoved ind i undersiden af emhætten over os. Han skriger, og det fryder mig.

Han giver slip på mig, og så snart jeg ser en mulighed for det, sparker jeg ham ned på køkkengulvet, og famler mig hen til døren.

Jeg hiver døren åben, men manden er kommet på benene igen, og han tager hårdt fat i mit venstre håndled. Jeg prøver at vride ham af, men det er umuligt, og han tårner sig op foran mig og smækker døren i. Jeg mærker en ekstrem smerte fra min højre hånd, og jeg ser døren mase sig ind i kødet på den. Han trykker hårdt på døren, og smerten bliver mere intens.

Hvor jeg før så en beskidt Oliver Twist-look-alike, ser jeg nu mit største mareridt.

"Du skal ingen steder," siger han. "Men tak for kampen. Du må forstå, at alle fugle synger forskelligt, og at vi to," han peger først på mig, og så på sig selv, *"nok bare ikke synger den samme tone"*. Jeg kigger på ham og svarer: *"Synger? DE SKRIGER DA!"* I de få sekunder,

det tager mig at råbe, ser jeg hans øjne ændre sig. Hadet og overlegenheden forsvinder, og er det ... frygt, der overtager ham? Det tror jeg, og med god grund.

Min fod placerer sig midt i hans mellemgulv, og jeg sparker ham hårdt. En høj 'knæk'-lyd kommer fra hans nakke, da han rammer vindueskarmen og bagefter gulvet. Jeg tvinger mig selv til at kigge på ham, og for første gang i lang tid er min kvalme væk. Hans krop ser helt forkert ud. Den er drejet i en fuldstændig sindssyg vinkel, og hans hoved ... hans hoved hænger løst og slasket på en rygsøjle, der ikke har fortjent den titel.

Han kigger på mig, og jeg ser, at hans ene øje bløder. Han åbner munden med besvær, og det giver et sæt i mig, da jeg ser ind i den. *"Hvem er nu den hjælpeløse, hva'? Hvilken side af buret er du nu på, lille pige?"* siger han med besvær, og hans tunge er ren.

Det sidste håb

Matilde Lillebæk Hansen, 14 år, Holstebro

Hvor lang tid er det siden? Jeg spørger mig selv hver eneste dag, og det eneste, jeg ved, er, at der hver dag kun er gået endnu en dag. Selvom alt er væk – selvom der intet er tilbage at kæmpe for – er jeg her alligevel endnu. Der er blot en lille gnist tilbage, men det er nok til at holde mig i gang, og jeg nægter at miste håbet nu. Nægter at lade det ende her.

Jeg husker endnu, hvordan lugten af røg bredte sig. Råbene, skrigene, de mange forvirrede mennesker. Hvordan vi alle blev stående, hvor vi var, med hovederne højt hævede for at vise dem, at de ikke havde vundet, og at de ikke kunne vinde over os. Flammerne, der åd menneskers elskede hjem, står klart for mit blik. Vi lod dem gøre det. *Vi lod dem gøre det.*

Sandheden viste sig dog at være, at selvom vi forsøgte at bilde os selv ind, at det, vi gjorde, var modigt, var vi svage. Alt for svage til at vi kunne overvinde dem. Vi var få, vi var dumdristige, hvert eneste af vores træk førte kun til ting, der var værre end det, vi kæmpede imod. *Vi var svage.* Nu ser jeg dog, at vores svaghed måske – et eller andet sted – egentlig var vores styrke.

Jeg er nu alene. Alle dem, jeg engang stolede på, er væk, og der er intet, jeg kan gøre ved det. Jeg ved ikke, hvad der er sket med dem, men jeg ved, at de er væk, og at de aldrig vil komme tilbage. Hvis ikke de er helt væk, så fortryder de. Fortryder deres handlinger. Men jeg kan mærke, at jeg alligevel ikke er den eneste, der stadig tror på dette. Tror på os.

Vi var både små og svage, ja, men det ændrede intet. Som en nær ven engang sagde – vi var sommerfugle. Sommerfugle, blot alle med punkterede vinger. Alligevel forsøgte vi at bruge vores vinger til at flyve.

Mine tanker kredser om alt det, der skete dengang. Hver eneste lille ting, vi kunne have gjort anderledes, der ville have ændret alt. Men selvom jeg forestiller mig alt, hvad vi *kunne* have gjort, alt, hvad der kunne have været anderledes, forbedret, er der alligevel ikke noget, jeg fortryder, at vi gjorde. Et smil kryber langsomt henover mine læber, og jeg kaster hovedet tilbage. Jeg fortryder intet. Der er mørkt omkring mig. Jeg ved, at det aldrig vil blive det samme, som det var før. Men hvad jeg også ved, er, at det aldrig vil blive, som vi kæmpede for, at det skulle. I det mindste kan jeg glæde mig over, at de forhåbentlig ikke vil begå den samme fejl igen. De ved, hvad de gjorde, og de ved, hvad der kom ud af det. De vil undgå, at det sker igen. På denne led er sejren vores.

Jeg sætter mig på knæ på det kolde, hårde betongulv og rækker hænderne ud. Jeg antænder en lille flamme på et lille stykke tørt halm, der ligger for mine fødder, ved hjælp af en tændstik, jeg efterhånden altid har på mig. Jeg betragter den, som de små, orange fangarme langsomt formerer sig og bliver større. Ild skræmmer mig ikke længere. Der er ikke meget, der skræmmer mig længere.

Flammernes lys ebber sagte ud, og jeg rejser mig atter op. Mine øjne er lukkede, og jeg hører den velkendte lyd af fødder mod jorden, der sender kuldegysninger over min hud. Lyden svinder langsomt bort.

Dengang var vi beredte på kamp, hver gang den ildevarslende lyd af vores fjender nærmede sig. Jeg husker, hvordan vi nærmest dansede, da de forsøgte at vinde over os. Da de forsøgte at ødelægge os. Vi lod dem ikke gøre det. Vi følte os uovervindelige.

"Du må ikke lade dem vinde." Jeg husker, hvordan min vens dybe, grønne øjne holdt mit blik fast og tvang mig til at fokusere på hans ord. "For alt i verden, lad dem ikke vinde." Og med denne besked forlod han mig, og han kom aldrig tilbage.

Her står jeg så nu. Jeg kæmper. På egen hånd. I en krig, der allerede er blevet vundet.

Jeg husker alle dem, der engang var mine venner, mine nærmeste, mine allierede. Jeg ved ikke, hvor de er, længere. De er forsvundet. Hver og én. Jeg skal bare have nogen til at komme og finde mig. Dansende til lyden af vores fjenders sang. Den sang, der aldrig vil ende. Den, der aldrig vil overvinde os. Planerne og forberedelserne står klare i min hukommelse. Vi brugte uger, vi brugte måneder på at planlægge ned til allermindste detalje. Vi brugte søvnløse nætter på at finpudse alt og sørge for, at der absolut intet var, der kunne gå galt. Det skulle dog senere vise sig, at alt vores hårde arbejde alligevel slog fejl, og vi tabte. Tabte, hvad vi selv havde sat i gang, ikke med andet end intentioner om at vinde, hvad vi kæmpede for.

"Det er ikke forbi endnu!"

Jeg hører ordene lysende klart i mit hoved. Jeg ved ikke engang, hvem der råbte dem, men jeg ved, at lyden af disse ord satte sig fast et eller andet sted i mit hoved. Råbet hjemsøger mig i mine drømme, minder mig hver eneste dag om, hvad der skete dengang. Og på grund af dette bevarer jeg mit håb.

Det er mærkeligt. Hvordan alting pludselig ændrede sig fra den ene dag til den anden. Hvordan vi målrettede besluttede os for, at det var nu, det skulle ske – hvor hurtigt alting pludselig skred frem. Vi var fast besluttede på, at vi ville føre vores veludviklede planer ud i virkeligheden uden at være klar over, hvad det egentlige udfald kunne ende med at blive.

I denne tid fandt mange af os ud af, hvem vores ægte venner var. Hvem vi kunne stole på, og hvem der ikke var andet end bedragere. Holdt de sig ikke til os, forlod de os. De forlod os, men de turde end ikke alliere sig med vores fælles fjender.

Jeg er her endnu. Jeg kan stadig mærke mit hjertes banken i mit bryst, jeg kan stadig høre min egen sagte vejrtrækning. Blodet i mine årer pumper ikke mindre, end det gjorde i går. Og jeg har stadig håb – hvad jeg siden mine første dage er blevet lært er det vigtigste. Hvis blot jeg bevarer håbet, vil intet kunne afholde mig fra, hvad jeg ønsker at opnå.

Det er ikke forbi endnu.

Det er netop, hvad det ikke er. Alt er vundet, alt er tabt, men intet er ovre.

Jeg lægger armene omkring mig selv og stirrer ind i mørket, der omslutter mig. Min hud er iskold, men indvendig brænder jeg af, hvad der kunne være både vrede og glæde. Et eller andet sted er jeg bange for, hvad der nu skal ske. Måske er selve kampen ovre, men krigen ligger stadig og lurer et eller andet sted lige under overfladen. Måske ånder alt fred og ro i dette øjeblik, men jeg ved, at der er noget under opsejling. Noget større.

Endnu en gang hører jeg lyden af trampende fødder. Jeg kan ikke blive enig med mig selv om, om lyden kommer oppefra eller nedefra. Den bliver højere og højere i et par sekunder – og så begynder den langsomt at blive svagere igen, indtil den er helt forsvundet.

Jeg lukker øjnene.

Vi ved alle – hver og én – at der findes både et sted og en tid, hvor vi skal dø. Men det er ikke her, ikke nu.

"Du må se at komme ud."

Stemmen dukker pludselig op. Jeg ser mig med det samme omkring, men så vidt jeg kan se, er jeg stadig alene. Selvfølgelig er jeg alene. Andet er ikke muligt.

Jeg kniber øjnene sammen og får øje på den store, tunge betondør, der holder mig, hvor jeg er. Min krop er som en robot, da jeg langsomt bevæger mig frem mod den og lægger mig på knæ foran den. Dette er noget, vi specialiserede os i for lang tid siden. Jeg tager fat om metalpinden, der indtil nu har ligget presset mod min nøgne hud under min stramme læderagtige trøje, og hiver den ud. Mine fingre arbejder på højtryk. Jeg har stukket metalpinden ind i det store nøglehul i betondøren.

Mit slid for at lære denne kunst har nu vist sig at være nyttig. Et klik lyder, og jeg ser den store dør langsomt glide op. Mine læber former et stille smil, og jeg rejser mig. Gangen foran mig er mørk og øde, men jeg begiver mig alligevel ned ad den.

"Du må se at komme ud."

"Nu."

"Du må væk herfra."

Jeg aner ikke, hvor stemmerne kommer fra. Mit hjerte hamrer højlydt. De hviskende stemmer minder mig om et eller andet. Fortiden. Det er *deres* stemmer. Dem, der altid kunne berolige mig. Dem, der altid viste mig vejen. Netop nu sender lyden af dem kuldegysninger over min hud, og jeg føler mig pludselig ængstelig og febrilsk. Jeg ved, at de har ret. Jeg må se at komme ud.

Adrenalinen pumper ud i min krop, da jeg begynder at sætte tempoet op og til sidst sætter i løb.

"Kom ud."

Gangen fortsætter og fortsætter. Jeg ved ikke, hvor langt der er til enden. Jeg ved ikke, om jeg nogensinde vil finde ud. Mine ben syrer voldsomt, da jeg pludselig stopper op. Og så ser jeg det. Et skærende lysglimt i mørket. I samme sekund hører jeg et øredøvende brag.

Er der en fremtid, så giv mig den nu.

Til dig

Maria Neergaard Blicher, 14 år, Hedensted

Mit åndedræt var tungt, da jeg endelig så skoven tynde ud. Men glæden, der fulgte, var kort. For træerne, der i lang tid havde strakt sig mod himmelen omkring mig, slog blot over i forkrøblede buske, der bredte sig over et område, der umuligt kunne være andet end en mose. Deres stemmer havde jeg efterhånden lagt bag mig, de var nu kun svage råb. Men frygten for dem fortonede sig ikke. At jeg ikke vidste, hvad de ville mig, fik hårene på mine arme til at rejse sig. Jeg rystede, kulde sneg sig ind over mig, og det var ikke kun i fysisk forstand. Hvorfor jagtede de mig? Hvad havde de gjort ved den mand, der kaldte sig min far? Hvad ville de gøre ved mig, hvis de fangede mig? Spørgsmålene flakkede rundt i mit hoved, og jeg ejede på dette tidspunkt intet svar på dem. "Tag hende, tag mit afkom, det kan være lige så godt som mig." Hans ord genlød i mit hoved. Han havde aldrig haft noget til overs for mig, regnede mig ikke for noget. Jeg var ved at falde, da min ene fod ramte en stub, mit blik ikke havde opfanget. Tårer steg op i mine øjne. Den hverdag, jeg havde dannet for hans blik, var revet væk under mig, og den hverdag, jeg havde dannet mig uden for hans synsfelt, var gået under med den. Jeg havde intet nu. Jeg ved ikke, hvordan jeg kunne blive ved, men mine fødder fortsatte. Den ene fod foran den anden. Det måtte være frygten, der drev mig videre, frygten for, at de ville komme nærmere. Deres stemmer havde bredt sig i en vifte bag mig. De brasede af sted, havde intet tilovers for naturen omkring dem. Jorden blev blød under mine bare fødder, jeg sank i til over anklerne. Det hæmmede mine bevægelser, og jeg var tvunget til at sætte farten ned. Tågen smøg sig om mig, og fugten satte sig i kjolen, der for nogle få timer siden havde været flødehvid. At jeg havde bandet over skovens terræn, fortrød jeg nu, for det var intet i forhold til det, jeg nu havde bevæget mig over i. Jeg fortsatte dog ufortrødent, uden anden tanke end at lægge større afstand til mine forfølgere. Om stien forsvandt, eller jeg blot ikke så, hvor den videre fortsatte, ved jeg ikke. Men med et var den der ikke mere. Jeg sank i det kolde mosevand til livet. Jeg kæmpede for at komme op, men sank længere ned i den bløde bund. Det mudrede vand smøg sig om mig. Panisk fik jeg mig vendt og kastede mig i den retning, hvor jeg mente, stien var. Men stien var væk, og det samme var himmelen med et også. Vandet slugte mig.

Mine fingre kommer med en knagende protest, da jeg strækker dem. Jeg tager endnu en tår af teen på trods af dens bitre smag. Jeg mærker dens varme brede sig i min krop og kvikke mig op. Jeg ser ud af hyttens åbning, den nattemørke himmel fortæller tydeligt, at klokken er mange. Ryster på mit tunge hoved og læner mig for en kort stund tilbage og hviler ryggen, men jeg kan ikke stoppe nu, hvor jeg er begyndt. Forpustet ved den blottet tanke om mindet, fortsætter jeg

Jeg kæmpede for at komme oven vande igen, vandet trængte ind alle steder. Sved i min næse og øjne. Jeg kunne ikke længere kende forskel på op og ned. Mine lunger skreg på luft, og som ren refleks åbnede jeg munden, men det, der fyldte den, var ikke luft, men vand. Det kradsede i min hals og jeg var ved at kvæles. Panisk forsøgte jeg at spytte det ud og komme oven vande. Jeg fandt ned, og dermed også op, men kunne ikke få fodfæste, sank blot længere ned. Det var ikke længere vand, der var om mine ben, men mudder. Jeg fandt ingen luft, kun mere vand, hvorend jeg vendte mig hen. Og med et var det hele ovre, vandet forsvandt, og luft fyldte igen mine lunger. Jeg hostede vand op, og ønskede brændende, da livet langsomt vendte tilbage til mig, aldrig at se det igen. Nogen havde, med en arm om mit liv, hevet mig op af det mørke vand. Vedkommende stod stadig bag mig, med armene lagt om min talje, så hvem der havde reddet mig, kunne jeg ikke se. Mine øjne sved efter kontakten med sumpens grumsede vand. Jeg blev klar over, at jeg ikke selv hjalp med til at holde min vægt, at ham, der havde reddet mig, holdt mig oppe. Jeg stemte mod den mudrede tue, vi stod på, og trak mig ud af hans arme, så jeg selv stod. Jeg vendte mig, og hans smaragdgrønne blik mødte mine øjne. Vandet løb ned over hans ansigt fra det mørke hår. Jeg så i hans øjne, at det ikke kun var vand fra mosen. Han var som jeg selv gennemblødt, havde tilsyneladende været helt under vandet for at hente mig op. Hans øjne slap mine og søgte hen over min skulder, hvor jeg nu også kunne høre stemmer nærme sig. Han så ud til at tøve. "Følg mig! Gå, hvor jeg går!" Stemmen var hæs. Han begyndte at bevæge sig fremad. Jeg fulgte ham ikke, stod blot som lammet af skræk. Jeg ønskede ikke at tage så meget som et skridt længere ind i mosen. Han opdagede hurtigt, at jeg ikke var bag ham, og vendte om. Han stoppede op foran mig, tog tøvende min hånd, så et øjeblik på den og hævede så blikket mod mine øjne. "Stol på mig, jeg vil vise dig den rette vej." Hans øjne fik mig til at tro ham, modvilligt nikkede jeg. Han slap min hånd og satte sig igen i bevægelse, i den modsatte retning af stemmerne. Nogle steder var der sti, og andre steder måtte vi hoppe fra tue til tue. Frygten for at træde forkert havde sat sig i mig sammen med trætheden efter kampen mod vandet. Den gjorde mine bevægelser langsommere. Derudover var hans ben længere end mine, og inden længe var jeg sakket et godt stykke bagud. Jeg fik nu svært ved at huske, hvor han satte sine fødder. Jeg satte farten op i et forsøg på at indhente ham, men min kjole var lang, og den smøg sig våd om mine ben. Det havde været svært at løbe i den, da jeg havde befundet mig i skoven, men nu var det nærmest umuligt. Jeg stoppede op, turde ikke bevæge mig længere frem. Mosens grumsede vand syntes at være allesteds. Han var vendt om og kom igen tilbage til mig. En stund gled hans øjne bare over min krop, så rakte hans arm hen mod min kjole. Jeg trådte væk fra ham, glemte mosen, den faste grund forsvandt under min ene fod. Jeg var ved at falde, men han greb mig og trak mig tilbage på fast grund. Hans hånd slap min og søgte igen ned mod kjolen, den anden fandt en kniv frem fra en skjult skede. "Rolig." Han fornemmede min panik, men lod sig ikke bremse. I et hurtigt snit, delte han kjolen i to lige over mine knæ. Han greb igen min hånd og hjalp mig ud af den ødelagte del. "Vi må videre." Han trak mig med. Vi kom hurtigere frem nu, mine bevægelser var mere frie, og han satte farten en smule ned, så han ikke længere skulle vente på mig. Hånden i min var varm og let fugtig. Jeg mærkede hans styrke, han var ikke en, der sad med hænderne i skødet. Selvsikkert førte han mig gennem mosen. Ikke en eneste gang måtte han stoppe op og se sig om. I lang tid havde vi bevæget os frem, da jeg mærkede et frisk vindpust slå mod mit ansigt. Tågen lettede langsomt. Mudderet under mine fødder forsvandt og gik lidt efter lidt over i fast jord. Det ensformige sumpland blev erstattet af åbent land. Foran os bredte sig telte, så langt øjet rakte. Han stoppede op, inden vi kom helt ud af mosen. Et øjeblik gled hans øjne over de mange opstillede telte, så vendte han sig mod mig. Han studerede mig og spidsede tænksomt læberne. Så trak han sin kappe af og slog den i stedet om mig. "Træk hætten op!" Jeg nåede ikke at række op, før han selv havde gjort det. Hans hånd strejfede min kind i bevægelsen. Uden kappen var han nu selv kun iført en tætsiddende sort skjorte, der tydeliggjorde musklerne over hans bryst og på armene, samt mørke læderbukser. Hans hånd faldt ikke ned langs hans side igen, som den burde, men søgte i stedet min kind. De grønne øjne mødte mine, og med en finger berørte han mine læber. Et splitsekund lænede jeg mig frem mod ham, og så, forundret over min handling, trak jeg mig væk igen. "Undskyld, jeg skulle ikke have ..." Han vendte sig væk fra mig. "Kom." Jeg vidste, at jeg ikke burde følge ham, men kunne ikke lade være. Han tiltrak mig, som lyset gør med nattens insekter.

Jeg bryder pennens kontakt med papiret for en stund. Læner mig tilbage med et suk. Det er, som var det i går, vi stod der ved mosen. Jeg kan stadig mærke hans finger mod min læbe, stadig mærke hans varme. Meget har ændret sig siden. Jeg løber snart tør for blæk, men jeg ved, at jeg ikke behøver at stoppe af den grund. Intet kan stoppe mig i at skrive. I hvert fald ikke nu.

Vi begav os af sted mod lejren. De sidste dage havde været fyldt med regn, så det, at vi forlod mosen, gjorde næsten ingen forskel; jorden i lejren var næsten lige så mudret. Teltene stod tæt, der lugtede af røg og andre lugte, som man umuligt kan undgå, når mange mennesker bor sammen. Bål var tændt, og de tog lidt efter lidt over efter solens lys. Jeg så intet system i lejren, men han kendte den tilsyneladende udenad. Og som han kendte lejren, kendte dens beboere også ham. Vi var uden videre blevet lukket ind, og hvor end han vendte sig hen, nikkede folk til hilsen. Enkelte gange stoppede folk ham med spørgsmål, og han besvarede dem kort for hovedet og fortsatte videre. Og hele tiden sørgede han for, at jeg gik tæt op ad ham. Vi bevægede os ikke mod den centrale del af lejren, som jeg først havde antaget, men langsomt kom vi længere og længere ud på dens venstre flanke. Vejen begyndte at skråne en smule under fødderne på os. Jeg mærkede nu, at varmen fra hans kappe langsomt begyndte at brede sig til min krop. Jeg fyldtes med fornyet energi og begyndte at se mig om. Teltene blev mindre, jo længere vi bevægede os væk fra centrum. Der begyndte at lugte af mad, og jeg mærkede min mave knurre. Min fod skred ud, da jeg trådte i en af de mange revner i vejen, hvor vandet strømmede nedad og væk fra lejren. Jeg var ved at falde, men med det samme var han der og greb mig. Jeg mærkede hans arm, varm om livet på mig. Et skævt smil bredte sig over hans læber, så slap han igen. Jeg følte blodet stige op i mine kinder. Hans kropskontakt med mig gjorde mig nervøs. Han stoppede endelig op foran et telt, åbnede langsomt teltåbningen, holdt den til side og gjorde tegn til, at jeg skulle træde ind. Jeg adlød, og han fulgte lige efter. Teltet var ikke stort, men stadig større end mange af de telte, vi havde passeret på vejen. Han kunne ikke stå oprejst, som jeg kunne. Ved synet af ham, foroverbøjet for ikke at slå hovedet mod teltdugen, kunne jeg ikke lade være med at smile. "Du kan godt tage hætten af nu, men behold kappen på, så du ikke kommer til at fryse." Han satte sig på den briks, der optog pladsen i den ene side af teltet, og gjorde tegn til, at jeg kunne sætte mig på en taburet, der stod ved en kasse, han brugte som bord. Jeg så mig om i teltet; hans personlige ejendele var dynget op i dets ene hjørne. Tæpperne flød på sovelejet, han sad på, som havde han lige forladt dem. Jeg kunne mærke hans øjne på mig, en rødme steg igen op i mine kinder. Hans blik gjorde mig pinligt bevidst om mit udseende, noget, jeg ellers aldrig tænkte over. Mit blik søgte forlegent mod hænderne i mit skød. Jeg studerede de beskidte negle, som gemte de svaret på, hvorfor jeg havde fulgt ham helt hertil. Hans blik slap mig stadig ikke, jeg mærkede det studere hver lille del af mig. Længst hvilede det på mit ansigt. Jeg så op og mødte hans blik. Han åbnede munden, som ville han sige noget, men blev afbrudt, da der i det samme kom en mand brasende ind. Manden så sig om, og blikket faldt på mig. "For helvede, Luke, hvad tænker du på? ... Nej, vent, jeg tror ikke, du tænker, du handler bare. Ah, jeg ved ikke, hvad jeg skal sige." Han rev sig selv i håret og var sikkert begyndt at trave frem og tilbage, hvis pladsen havde været til det, men han stod i forvejen foroverbøjet for at kunne være i teltet. "Du skal slet ikke sige noget. Faktisk skal du dæmpe dig." Luke slap mit blik, rejste sig og trådte ind foran mig. "Om jeg så dæmper mig, vil hele lejren snart vide, at hun er her. Det kan du ikke skjule. Din far finder ud af det, og han bliver rasende." "Træk vejret. Hvad skal jeg ellers gøre? Han skal ikke have hende. Hun er ikke som sin far, og jeg af alle burde vide det." "Hvad er der med dig, Luke?" begyndte han igen. Så faldt hans blik på mig, og der kom et udtryk i øjnene, som jeg ikke kunne tyde. "Det ved du godt aldrig kan gå. Det tillader din far ikke." "Jeg er ligeglad med, hvad min far tillader." Luke vendte sig mod mig, og de så nu begge på mig. "Du kender hende jo slet ikke." "Jeg kender hende bedre end nogen anden. Husk på, at det er mig, der har holdt hende under opsyn i mere end to år." "Luke, din tåbe. Måske du kender hende, men hun kender intet til dig og dit liv." "Det kunne hun komme til." Luke vred sine hænder. "Tror du, hun har lyst til det, eftersom din far er den mand, der bekæmper hendes far?" "Det havde hun ikke behøvet at vide. Og desuden er der en verden til forskel mellem min far og mig." Jeg så nervøsiteten brede sig i hans øjne, mens de snakkede, som var det hørelsen, jeg manglede. "Jeg ved, at du ikke er som din far, men vil hun opdage det, før hun dømmer dig?" Jeg rynkede panden. Han havde ikke høje tanker om mig, denne mand, det kunne jeg tydeligt høre og mærke. Luke så min panderynken, og han tøvede med det, han havde været ved at sige. Hans grønne øjne mødte mine. I dem så jeg noget, jeg aldrig før havde set i nogen andens. "Vi må finde noget nyt tøj til hende, hun fryser." Utroligt, at han havde opdaget det. Manden så ud til at tøve, men Lukes stemme var fast. "Jeg vil ikke diskutere det mere, hun bliver her indtil videre." Manden lukkede munden, så et øjeblik på mig og vendte sig. "Jeg finder noget tøj." Han forlod tel-tet. Luke så efter ham, rystede på hovedet og satte sig på hug foran mig. Han tog mine hænder, lukkede sine store fingre om mine. Jeg så ned og trak dem til mig, langsomt og forsigtigt slap han og bøjede sit hoved. "Tessa." Forskrækket så jeg på ham. Hvor kendte han mit navn fra? "Ja, jeg kender dit navn og dig også. I godt to år har jeg fulgt dig på afstand. Jeg ved, hvem du er, og at dette ikke er dig." Han lod en finger følge halsudskæringen på min kjole. "Mit navn er Luke. Og som Rich sagde før, er jeg søn af den mand, der bekæmper din far. Men før du dømmer mig, bør du lære mig at kende. Lære, at jeg ikke er, som min far er, eller som han ønsker, jeg skal være." At hans far bekæmpede min, betød intet for mig. Jeg kendte hans far lige så godt, som jeg kendte min egen. Jeg viste ham ikke, hvad jeg tænkte, så blot på ham for at få ham til at fortsætte. "Jeg kender dig. Jeg ved, hvordan dit liv har været. Tro mig, når jeg siger, at jeg vil hjælpe dig med at skabe et nyt liv, hjælpe dig med at slippe for det, han vil have dig til at være." Han sank helt ned på knæ. Jeg havde aldrig før set nogen se på mig på den måde. I hans øjne så jeg så megen følelse, og hans udtryk sagde mig, at alt, hvad han havde i sig, var til mig. Hans blik løsnede noget inden i mig, og uden at jeg ville det, steg tårer op i mine øjne. Jeg ønskede ikke, at han skulle se det. Jeg lagde hænderne for øjnene. Jeg hørte stof mod stof og mærkede hans hænder blidt fjerne mine. Lidt tøvende trak han mig ind til sig og lod blidt en trøstende finger følge mine rygmuskler. Jeg ville trække mig væk, men hans arme lå tæt om min krop og holdt mig fast ind til ham. Hans ånde var varm mod min nakke, der var spættet med gåsehud. Hans arme og hans følelser tøede mig langsomt op, og idet jeg selv gav efter og lænede mig mod ham, trådte Rich igen ind i teltet.

Jeg bryder af, ikke af egen fri vilje, men fordi solens lys er erstattet af nattens mørke. Jeg kan ikke længere se, hvad jeg selv skriver. Stivbenet efter mange timer i samme stilling rejser jeg mig. Jeg roder i kasserne i hyttens ene hjørne, desperat efter så hurtigt som muligt at finde en olielampe. Mine hænder ryster af iver, da jeg hurtigt får olielampen tændt og hængt på dens krog i hyttens loft. Jeg sukker tilfreds og vender tilbage til pennen, ivrig efter at komme videre, komme af med alt inden i mig.

Forlegent hostede han for at gøre os opmærksom på sin tilstedeværelse. Men jeg havde allerede trukket mig væk fra Luke. Mit blik flakkede mellem ham og Rich. Jeg skammede mig over at have vist mine følelser, og over, at det ikke kun var Luke, der havde set den side af mig, men også Rich. Richs blå øjne mødte mine, men jeg vendte hurtigt blikket væk. "Tøj." Han smed det i en bunke på Lukes soveleje, vendte sig så og gik ud af teltet. Luke så på mig og åbnede munden for at sige noget, men han nåede ikke at få så meget som et ord over sine læber, før Rich igen stak hovedet ind. "Kommer du, Luke? Jeg tror, hun helst vil være alene, når hun skifter. Det kan du i det mindste respektere." Et svagt smil viste sig på Lukes læber, så nikkede han. "Tag den tid, du skal bruge." Han dukkede ud af teltet. Jeg så efter ham, mærkede pludselig kulden fra mit våde tøj. Jeg lagde kappen, trak kjolen over hovedet og rakte tøvende ud efter det nye tøj. Det bløde læder i bukserne lagde sig om mine ben, som var det syet på mig. Også den tynde vams smøg sig tæt til min overkrop og vidnede om, at der skulle gå lang tid, inden jeg igen ville mærke kulden. Jeg vidste, da jeg så den sidste del af dragten, at det var en, der kendte mig, der havde valgt tøjet. Det var en form for skjorte, men den sad ikke løst som dem, mænd gik med. Med flere spænder skulle den spændes, så den sad tæt ind til min overkrop, som var den limet på. I flere af sømmene mærkede jeg skjulte skeder til daggerter og andre våben. Næsten lydløst gled teltåbningen op bag mig. Jeg mærkede hans ånde mod min nakke, og hans hænder tog over der, hvor mine hænder netop havde bøvlet med at stramme et spænde på ryggen af skjorten. Uden at sige noget spændte han det sidste af dragten til og hjalp mig i et par nye støvler, der også havde spænder, som han spændte. "Dit hår." Han rakte mig et par lædersnører, og jeg samlede håret i en knold på hovedet. Hans øjne gled over min krop, da jeg vendte mig mod ham. "Der mangler noget." Han smilede og begyndte at rode i sine tasker, som lå smidt i det ene hjørne af teltet. Jeg så musklerne i hans ryg spænde sig, da han bukkede sig. Da han igen vendte sig mod mig, havde han noget indsvøbt i sort klæde i hænderne. "I lang tid har jeg ventet på, at chancen bød sig, hvor jeg kunne give dig dette. Jeg fik det smedet til dig, kort efter at jeg første gang så dig. Jeg vidste, at vi en dag ville stå ansigt til ansigt, og at det var dette, jeg skulle give dig for at vise min oprigtighed." Mens han stadig holdt det i sine hænder, lod han mig pakke det ud. Det første, jeg så, var det mørke læder, skeden var lavet af, dernæst faldt mit blik på fæstet, hvor der var indgraveret tjørneblade og rosenhoveder. "Træk det." Hans blik fulgte min hånd, da den lukkede sig om sværdets fæste. Sværdet glimtede, på trods af at solens stråler ikke trængte ind i teltet. Det var smukt, så elegant uden at være overpyntet. "Jeg giver dig noget, som ingen nogensinde før frivilligt har lagt i dine hænder. Jeg vil følge dig, hvis du lader mig gøre det, mens du med dette sværd vil forandre og dele ting." Som havde han selv brugt sværdet, skilte han mig fra min fortid. Gav mig et lille indblik i den nye verden, han lovede at hjælpe mig med at skabe. Jeg vidste, at dette ikke var noget jeg skulle tænke længe over. Jeg stak igen sværdet i dets skede, og han spændte bæltet om livet på mig, så sværdet nu hang ved min højre hofte. Jeg kunne ikke græde ved hans skulder, som jeg før havde gjort det. Dette var større end tårer, større end ord. Uden tanke lagde jeg en hånd mod hans nakke og trak hans hoved ned mod mit eget. Jeg havde aldrig før prøvet noget lignende, og hans tøvende hænder på mine hofter fortalte, at han heller ikke havde. Et øjeblik slap han mine læber, og jeg mærkede hans ånde varm mod min kind. "Så længe har jeg ventet." Stemmen var hæs. Jeg lagde mit hoved i mellemrummet mellem hans hoved og skulder. Vidste, at jeg følte som han. "Du er så smuk." Hans ord var ikke mere end en mumlen, da han stadig med hændernemod mine hofter trak mig ud, så han kunne se op og ned ad mig. Jeg fulgte hans øjne, og det var. som om jeg nær druknede i det smaragdgrønne. Jeg gik op på tå for at nå hans ansigt. Min mave knurrede, og jeg var i tvivl om, hvad jeg var sulten efter. Jeg mærkede hans læber smile mod mine.

Jeg stopper midt i minderne. For hvad der derefter skete den aften, er uden betydning, det er dette øjeblik, jeg husker, hvor Luke stod tæt op ad mig i et par sekunder endnu, til han slap mig, fast besluttet på, at nu skulle jeg have noget at spise. Jeg vil ikke skjule det, hovedkulds havde jeg kastet mine følelser på en, jeg slet ikke kendte, men det føltes så rigtigt, som var vi skabt for hinanden. Jeg må et øjeblik sunde mig, havde helt glemt, hvor meget den aften betød. Er forundret over, at ordene så frivilligt samlede sig på papiret. Jeg bør ikke fortsætte, mine øjne er trætte, og mit hoved snurrer svagt, men det er som en vild strøm. Ordene vil ikke holdes tilbage nu, da jeg først har fået hul.

Vi sov ikke sammen, Luke befandt sig faktisk ikke i teltet den nat, men forlod det, kort efter at vi sammen havde spist aftensmad. Jeg følte mig kold under tæpperne den aften, men duften af Luke sad i dem, og til den faldt jeg i søvn. Jeg sov tungt, drømte så herligt, og da jeg slog øjnene op i lyset fra en ny dag, fortsatte drømmen. Det første, jeg så, var hans smaragdgrønne øjne, der fulde af følelser så på mig. Jeg kom op at sidde og skjulte min let påklædte krop under tæpperne. Hvor længe havde han siddet og set på mig? "God morgen," sagde han og rejste sig. "Jeg finder noget morgenmad." Han dukkede ud af teltet. Jeg tog tøjet, han aftenen før havde givet mig, på igen. Han kom tilbage med en skål grød til os hver. Jeg stirrede på grøden og følte ikke, at verden var så nem, som den havde set ud til at være aftenen før. Jeg vidste stadig ikke, hvor jeg var, og på trods af mit forhold til min far ønskede jeg at vide, hvorfor de holdt ham som fange, jeg ønskede at se ham. Luke, der havde fornemmet, at jeg havde noget på hjerte, fandt papir og blæk frem. Jeg vidste ikke, om han kunne læse, så jeg tegnede. Uden at jeg havde set ham mange gange, kunne jeg gengive et billede af min far. Luke så på det. "Du ønsker at se ham." Hans skuldre sank sammen; formentlig havde han troet, at jeg havde glemt alt om, hvad der var hændt, før jeg mødte ham. "Jeg kan ikke tage dig med ud i lejren, ikke uden at min far finder ud af, hvem du er." Han så på mig, og jeg fastholdt hans blik. På trods af, at han virkede så forskellig fra andre mænd, jeg havde mødt, var han en mand. Og de synes alle at tro, at de ved, hvad der er det rigtige, og forvente, at man føjer sig for dem. Men det ønskede jeg ikke, og hvis han kendte mig så godt, som han hævdede, vidste han også dette. Det var, som om det grønne smeltede, da hans blik mødte mit, og han bøjede hovedet. "Jeg finder ud af noget." Jeg kunne ikke lade være med at smile. Uden at tænke lagde jeg bare armene om ham og trykkede hans varme krop ind mod min et øjeblik.

Luke vendte tilbage, og efter ham fulgte Rich. Han rakte mig en kappe. "Tag denne på." Jeg slog den om mig og trak den sorte hætte op. Vi forlod teltet. Luke og Rich forrest, jeg selv lige i hælene på dem. Mudderet sprøjtede op ad mine nye støvler, da vi travede op af den samme vej, som jeg dagen forinden havde fulgt med Luke. Jeg kunne ikke lade være med at lade min ene hånd glide over sværd-fæstet og mærkede de indgraverede roser mod mine fingerspidser. Vi drejede væk fra vejen, vi havde fulgt, og gik ind mod lejrens centrum. Det myldrede med mennesker overalt. Det første, jeg så i lejrens midte, var buret. Og min far var inde i det. Det stod opstillet på en plads, der var ryddet for telte. Det var som på et marked, hvor en bjørn var fanget i et bur, til skue og udsat for foragt og pinsel. Folk spyttede og råbte skældsord efter ham. I den ene ende af pladsen var mænd ved at bygge en platform af træ. Og på kulden i min mave vidste jeg, hvad den skulle bruges til. Jeg så på ham, vi stod et stykke fra buret, han blev holdt fanget i. Tættere på behøvede jeg ikke komme. Jeg kunne fint herfra se det forrevne tøj og de blå plamager i hans ansigt. "Min far ønsker ham henrettet," hviskede Luke, og jeg mærkede hans tøvende hånd søge efter min. Jeg tog den og gav den et klem til svar. "I morgen." Han sagde det, som havde han læst mine tanker. Min far stod for noget helt andet end jeg selv, og vi var aldrig kommet godt ud af det med hinanden. Jeg var for meget min mor til, at vi kunne det. Han havde prøvet, ligesom han havde gjort med min mor, at tvinge mig efter hans vilje. I hans øjne var kvinder ikke andet end ting til pynt, noget, man så på og tilfredsstillede sig med, intet andet. Men at de ligefrem ville skille ham fra livet i morgen, satte tanker i gang. Der var andre, der som jeg foragtede det, han stod for, og ham selv, men om de så troede på det samme som jeg, var jeg stærkt i tvivl om. "Vi går tilbage nu, selvom der er mange andre, der kigger, vækker det opsigt, at jeg står her." Jeg mærkede hans varme ånde mod min kind. Jeg så mod himmelens mørke og greb igen fast om sværdfæstet, da vi forlod pladsen. Nu med Rich i hælende på os, som jeg før havde gået efter dem. "Vi burde ikke være gået herop," hørte jeg ham brumme bag os, og jeg vidste, at han havde ret. Manges blikke fulgte os, da vi gik mod Lukes del af lejren. "Hun havde ret til at se ham," var det eneste, Luke sagde. Jeg drejede hovedet og så på Rich over min skulder, ud under kappens hætte. Jeg fangede hans øjne og holdt dem fast, til han måtte opgive og dreje hovedet væk. "Jeg troede, det var dig, der havde kontrol over hende, men nu er jeg ikke længere så sikker." Hans ord kom som en svag mumlen, da jeg igen vendte blikket frem ad den vej, vi gik på. Jeg skjulte mit smil for begge mænd og satte farten en smule op. Vejen tilbage til teltet havde jeg ingen problemer med at huske, og det endte med, at de begge gik bag mig. "Hun bliver ikke nem at styre, hva'?" "Det er heller ikke meningen." Jeg hørte smilet i Lukes stemme, da han svarede Rich.

Lukes arm gled rundt om min talje, da vi dukkede ind i hans telt. "Jeg tror bare, jeg går hen til mit eget telt," lød Richs stemme udenfor. "Gør du det." Luke forsøgte at skjule sin latter. "Han er bare jaloux." Jeg så spørgende på ham. "Fordi jeg har dig." Han trak mig ind til sig. "Jeg elsker dig, Tessa." Var dette kærlighed? Var det sådan her, det føltes at elske nogen? I så fald elskede jeg også ham. Jeg lod mine læber glide over hans, blot et flygtigt strejf. Hans øjne smilede grønt, da de så på mig. "Men Tessa, du forstår godt, at min far ikke må vide noget om dig. Han vil aldrig acceptere, at vi er sammen. Han ville højst sandsynligt behandle dig, som han gør med din far." Det sidste kom som en svag hvisken fra ham ned mod mit hår. "Derfor må du også forstå, at jeg må forlade dig en stund og vise min far, at jeg er tilbage i lejren." Han bad mig forstå, men det gjorde jeg ikke. Hans far behandlede ham, som min far havde behandlet mig. Han havde selv bedt mig kæmpe imod, så hvorfor fulgte han ikke selv sine råd? Jeg ville have fået ham til at forstå dette, men ønskede ikke at blande mig. Ønskede, at han selv skulle styre sit liv, som jeg selv ønskede kontrollen over mit eget. Derfor lod jeg mig glide ud af hans arme, lod ham forlade teltet. På trods af det vidste jeg, at han begik en fejltagelse. Han var så stærk, men ikke stærk nok til at sige fra. Det var, hvad jeg forstod af det, han havde fortalt mig. Jeg satte mig på taburetten og fandt de papirark, han om morgen havde givet mig, frem sammen med pennen og flasken med blæk. Jeg rykkede kassen, som Luke brugte som bord, tættere på og lagde papiret på den. De første streger kom tøvende, men langsomt begyndte billederne at vælte ud af mig. Jeg fyldte hurtigt de to stykker, der var i overskud fra om morgenen. Men det satte ikke en stopper for min kreativitet. Jeg rodede blot Lukes ting igennem, til jeg fandt, hvad jeg ledte efter. Mere papir. Jeg kunne ikke stoppe, mine visioner formede sig over papiret, visioner, som Lukes tilsynekomst i mit liv havde gjort mulige. Jeg så muligheden for at føre mine planer ud i livet, jeg måtte blot vente på en chance for at få begyndt. Jeg var så optaget, at jeg knap hørte ham komme ind i teltet. Først da han satte sig på den anden taburet, så jeg på ham og lagde pennen, jeg havde haft i min venstre hånd. Han så ikke på mig, men på papirerne, jeg havde malet til med billeder. "Han deler dit syn på tingene, Tessa. Men når det kommer til ham selv, har Luke aldrig været god til at komme i sving. Jeg må tilstå, at jeg ser som jer, og måske jeg har været lidt ... jeg ved ikke ..." Rich gned sig i panden, mens han ledte efter ordene. "Ja, jeg har nok virket lidt grov og afvisende over for dig. Jeg var bange for, at du ville trække Luke ud, hvor han ikke kunne bunde, men nu hvor jeg ser i dine øjne, ved jeg, at du ingen intentioner har om at gøre noget, du ikke kan klare." Han blev stille, og jeg så lidt forundret væk. Rørt over, hvad han havde sagt. Han trak en tegning ud af stakken. "Jeg ser din kærlighed til ham og er forundret over den. På denne tid af dagen i går havde du knap mødt ham. Jeg troede ikke, kærlighed kunne opstå så pludseligt, men når jeg ser din tegning af ham, ved jeg, at du elsker ham og kun ønsker ham det bedste." Han lagde tegningen af Luke på kassen ovenpå de andre billeder. Jeg mærkede et underligt sug i maven af savn efter den ægte Luke. Jeg så på Rich og var ikke i tvivl om, at han fortalte mig sandheden. En pludselig trang til at vise ham nogle af mine planer overvældede mig. Jeg trak flere tegninger frem, en efter en. Jeg så ham studere dem og vidste, at han forstod. "Jeg kender Luke, og selv om han har de samme visioner som dig, vil han ikke lade dig gøre dette, af frygt for, at det vil ødelægge dig. Han tænker gennem kærlighed, men jeg ser på kendsgerningerne, håber og tror på, at du kan gennemføre dette. Jeg ved, du kan." Med en finger tegnede han en cirkel om mine tegninger, en bevægelse fik min hånd til at søge mod sværdskæftet ved min side. Jeg håbende og troede på, at han havde ret. Jeg så på ham og smilede som tak for hans forståelse og tillid til mig. "Jeg hjælper dig med forberedelserne, pakker det nødvendige, så du kun skal koncentrer dig om at udføre din plan." Han rejste sig, og jeg gjorde det samme. Følte nu, hvorfor Luke havde ham som ven, og gav han et hurtigt kram. Han smilede og skulle til at gå ud af teltet, da han stoppede op. "Du burde skrive teksten til dine tegninger og samle det til en fortælling. Ord er i nogle tilfælde som billeder, de kører forbi ens syn, som så man det med sine egne øjne. Og historien, den vil være god, også selv om den måske ikke får en ende. Luke og din kærlighed vil være nok til at få folk til at læse den." Jeg så smilet på hans læber, da han for lod teltet. *Jeg husker, at jeg dengang fandt hans ord besynderlige, men nu forstår jeg dem. At skrive letter hjertet, som det gør at tegne. Med ord kan man forme billeder, man kan lege med dem og skabe noget nyt og smukt. Jeg vil ikke glemme Rich, for hans ord og hans hjælp har forandret meget i mig.*

Luke vendte tilbage, kort tid efter at aftenens dug var begyndt at falde. Vinterens første åndedrag havde fået teltdugen til at blafre. Jeg var krøbet ind under hans tæpper i et forsøg på at få varmen. Lukes tilsynekomst i teltåbningen gjorde det, tæpperne ikke kunne; på kort tid fyldtes jeg med en indre varme. Han havde aftensmad med, og inden han satte sig ved siden af mig på sengelejet, rakte han mig en skål suppe. Han rykkede tæt på mig, smilede, idet han tog skeen i sin højre hånd. Hans lår mod mit varmede mere end suppen, og smilet i hans øjne bragte mit blod i kog. Da jeg var færdig med maden, tog han skål og ske ud af mine hænder, og trak mig op på sine lår. Det sitrede i mig, da han lagde sine læber mod min nakke. Jeg forsøgte at vende mig mod ham, men han holdt mig fast. Lod sine varme hænder glide ind under min skjorte, først ind til den tynde vams og derefter længere ind. Jeg mærkede hans hårde bryst mod min ryg, da han trak mig længere ind til sig, og vidste, at jeg burde fortælle ham om mine planer. Men hans læber distraherede mig, og inden længe var mine tanker om alt andet end Luke væk. Kun han fyldte mig.

Dagens lys trængte ind i teltet, og jeg vendte mig i Lukes arme, der lå tungt om livet på mig. Så på hans ansigt. Det mørke hår strittede til alle sider efter nattens urolighed. Han trak vejet tungt i søvnens dyb. Jeg lod forsigtigt en finger glide langs hans høje kindben og pustede ham drillende ind i hovedet. Et svagt smil bredte sig på hans mund, og hans åndedræt ændrede sig, da han slog øjnene op. Han strakte hals for at nå mine læber. Jeg så gåsehuden brede sig på hans bare skuldre, da de kom uden for tæppernes varme. Han lod ikke til at bemærke det, greb blot et lille tot af mit hår mellem højre tommel- og pegefinger. Han fulgte håret med øjnene, mens han snoede det mellem fingrene. Jeg smilede over hans fascination. Længe lå vi og så på hinanden, lige til han til sidst trak tæppet af og gjorde sig parat til at rejse sig. Smidigt smuttede han hen over mig. Jeg vendte mig og fulgte hans kropsbevægelser, mens han tog tøj på. Musklerne blev spændte i overarmene, da han trak en skjorte over hovedet, for doven til at knappe den op. "Tessa, jeg er nødt til igen at gå til min far, jeg må være der, når de ..." Han afsluttede ikke sætningen, satte sig blot på hug foran mig, og jeg mærkede hans varme læber danne et kys på min pande. Derefter forlod han teltet, og varmen tog han med sig. Jeg lå en stund endnu under tæpperne, så kom også jeg på benene. Jeg trak i mit tøj og spændte sværdet i dets skede om livet. Lagde de andre knive, Luke også havde foræret mig, i deres skeder skjult i sømmene på tøjet. Så satte jeg mig og ventede på en af taburetterne.

Jeg forlod teltet ved Richs side, igen med kappen på, hvor hætten var trukket op, for at folk ikke skulle se mit ansigt. På ryggen i en stor taske bar han de mest nødvendige ting, vi ville få brug for, hvis det lykkedes os at gennemføre min plan. Vejen, vi gik ad, lå næsten øde hen. Enten lå mændene stadig i tung søvn i deres telte, eller også havde de fulgt den samme vej som vi, på vej mod lejrens midte. Vi skubbede os gennem folkemængden, og mange vrede, mumlende stemmer fulgte os, men jeg tog mig ikke af det og fortsatte, til jeg stod inderst, så tæt på skafottet, som man næsten kunne komme. Luke stod på skafottets venstre flanke ved siden af en mand, som tårnede sig op et halvt hoved højere op end ham. Det eneste Luke, havde til fælles med sin far, var det mørke hår. Ellers var manden stor og bredskuldret, hvor Luke var mindre og mere spinkel, på trods af hans mange muskler. De åbnede det store bur og hev manden, der var min far, ud. Han gik ikke selv, de måtte slæbe ham hen til podiet. Tøjet hang i laser om hans krop, og ansigtet var forslået. Jeg fulgte ham med blikket og følte intet. "Jeg dømmer hermed denne mand som forræder og til et liv i evigt pinsel efter livet, som vil forlade ham på denne dag." Lukes far var trådt frem. Jeg forstod ikke, hvordan han kunne dømme ham, når han selv ikke ejede nogen rettigheder. Jeg skævede op til Rich og mødte hans øjne, og han nikkede forsigtigt med hovedet. Den ene af mændene, der havde slæbt min far frem, gav ham et spark i knæhaserne, så han sank i knæ med et hørligt dunk mod plankerne, som skafottet var bygget af. De skubbede en træblok frem og pressede ham ned mod den. Så trådte bødlen frem, han trak sit sværd af skeden og lod en finger glide over æggen for at bekræfte dens skarphed. Han trådte et skridt nærmere manden, der havde hovedet på blokken. Jeg så ham sprede fødderne en smule og gøre sig klar til at hæve sværdet. I det øjeblik forstod jeg ved mig selv, at det ikke var for denne mands hånd, min fars liv skulle ende. I et spring stod jeg på platformen, nu hævet over mængden, der gav forskrækkede udbrud fra sig. Manden, der skulle være min far, hævede blikket. Og da jeg trak sværdet af dets skede ved min sidde, vaklede jeg et øjeblik, i tvivl om, om min hånd nu også ville være stærk nok til at svinge dets vægt. Jeg tøvede, og hans øjne så ind i mine. Jeg så genkendelsen og foragten i dem. De gjorde mig det klart, at jeg ikke skulle tøve, ikke skulle give nogen tid til at handle mod mig. Jeg nærede intet ønske om at skåne hans liv, han havde haft sin chance for at ændre handling i mere end femten år. Jeg så, at han vidste, hvad jeg havde i sinde, og at han intet fortrød. Jeg fastholdt hans blik og svingede sværdet tungt. Klingen var så skarp, som Luke havde betroet mig. I et glat hug skilte det mandens handlinger fra mine, såvel som det skilte livet fra hans krop. Jeg havde handlet hurtigt, selvom det hele havde føltes langsomt for mig. Hætten var faldet fra mit hoved, skjulte ikke længere mit lange hår og ansigt. Lukes far så på mig, som Luke selv gjorde. Jeg så ham forbinde mig med den døde mand for mine fødder. "Grib hende!" Hans stemme skar gennem larmen fra forsamlingen, og hans mænd trådte frem. Jeg rettede mit sværd mod dem og trådte et skridt bagud. Men de nåede ikke at handle, for så stod Luke beskyttende foran mig. "I rører hende ikke." Hans stemme havde en truende klang. "Træd til side, Luke! Hun er afkom af en forræder, og lige som ham skal hun lade livet." Hans far så ham i øjnene. "Nej, det bliver over mit lig." Hans far snerrede og trådte frem for at skubbe ham til side, men Luke havde nu også trukket sit sværd. "Du vover ikke at gøre mig noget, knægt. Jeg er din far, og du adlyder mig uden tøven." Stemmen var selvsikker. Dog gjorde hans ord kun en lille forskel over for Luke, da han svang sværdet. Jeg så det som i en tåge og ærgrede mig over, at Luke ikke som jeg brugte den skarpe side, men jeg kunne ikke nå at tænke nærmere over det i det øjeblik. Hænder fulde af styrke greb mig bagfra og løftede mig ned på jorden igen. "Løb! Jeg får Luke med." Richs hænder skubbede mig af sted. "Mod mosen," hørte jeg ham sige bag mig. Jeg stak sværdet i skeden og begyndte at kæmpe mig gennem folkemængden. Jeg hørte Rich råbe ad Luke, og få minutter efter kæmpede de også for at komme væk fra pladsen. Der udbrød panik, da Lukes far sendte sine mænd efter os. Forvirringen var ikke til at tage fejl af, ingen kunne finde rundt i mylderet af mennesker. Dog fandt vi vej ud af kaosset og satte det lange ben forrest for at lægge så stor afstand som muligt til vores forfølgere, før det gik op for dem, hvilken vej vi var løbet. Vi styrtede af sted, Luke forrest nu, Rich og jeg lige i hælene på ham. Endelig nåede vi lejrens udkant og satte farten en smule ned for ikke at alarmere de stadig uvidende vagtposter. De hilste høfligt, og vi gengældte deres hilsen og fortsatte med hastige skridt, til der pludselig lød tumult bag os, så satte vi igen i løb, men var ikke nået langt, før Rich stoppede. "Fortsæt, jeg sinker dem." Jeg mærkede Luke tøve ved Richs ord, så trak han vejret tungt og nikkede. De omfavnede hinanden, som mænd kun sjældent gør det. Jeg tror, de begge var klar over, at de efter al sandsynlighed aldrig ville ses igen. *Jeg føler stadig skylden i mit bryst. Rich forlod os, og Luke lod ham gå, fordi han elskede mig.* Grunden under mine fødder blev blød, da vi nærmede os mosen. Jeg så tøvende på den, huskede mit sidste møde med den for kun få dage siden. "Rolig, jeg passer på dig." Luke tog min hånd og trak mig med ind i tågen. Jeg hørte ikke længere Rich eller de kæmpende mænd. Jeg fulgte ham, og i lang tid fortsatte vi gennem stilheden, hoppede fra tue til tue, eller løb ad de få faste stier, der var. Jeg fornemmede det på Luke, da vi var ved at være fremme. "Jeg er kommet her, siden jeg ikke var ret gammel. Med en far som den, jeg har, har man en gang imellem brug for at komme væk, men det kender du jo selv." Med et var der ikke mudder overalt som før, men fast grund, dog stod mosens silhuet stadig om øen, vi nu stod på. På øens top så jeg en faldefærdig hytte stå. På en uhyggelig måde fandt jeg stedet smukt, fyldt af en tryghed, jeg aldrig før havde følt. Det vidnede om et nyt liv. "Rich hjalp mig med at bygge den, han er – eller var – den eneste, der kendte til dens eksistens. Ingen burde kunne finde os her." Han gik op mod hytten og satte tasken, som Rich havde givet ham, inden vi var skiltes fra ham. Så trak han døren knirkende op. "Jeg har ikke været her de sidste par år, jeg har været optaget andetsteds." Han så på mig med et skælmsk smil. "Jeg tror, vi nemt kan sætte den i stand og gøre den til vores base for en tid." Jeg nikkede, havde i det øjeblik ikke lyst til at tænke på, hvad der var sket, eller hvad der skulle ske. Det eneste, jeg kunne tænke på, var Luke foran mig. At han ikke havde gjort som jeg selv, men i stedet tøvet, betød ikke noget for mig, det måtte være hans kamp. Jeg havde sat punktum for min, nu måtte jeg blot finde starten på noget nyt at kæmpe mod. Lukes arme om mig, om mit liv, viskede dog alle forestillinger om kamp væk, og jeg ønskede kun ham.

Hvad der efterfølgende vil ske for Luke og mig, ved jeg ikke, for tiden har indhentet os. Vi har sat hytten i stand og nyder nu freden. Jeg fortryder ikke, at jeg tog min fars liv; det gav mig en ro og skilte mig fra fortiden for alvor. Til tider tror jeg, at Luke fortryder, at han ikke handlede som jeg, men han siger det ikke højt. Om vi en dag vil tage kampen op mod hans far, ved jeg ikke, men i øjeblikket har vi ingen planer om det. Vi har affundet os med livet her, tror jeg. Så hvad der nu skal ske, ved jeg ikke, om vi bliver her for altid, kan man nemt tænke sig. Men en ting er sikker, jeg vil fortsat tegne og skrive, og endnu mere sikkert er det, at min kærlighed til Luke ikke vil forfalde.

Codex 8

Louise Ladegaard, 15 år, Viborg

En for en tonede de frem i natten. Skyggerne. Stemmerne. Politijakkerne. Jeg kunne ikke sove længere. Det var, som om min krop havde vidst, at de skulle komme. At *det* skulle komme. Jeg åbnede vinduet. Fodtrin lød matte og sjappede i den sorte nat. Regndråberne blev kylet mod jorden af en tilsyneladende skjult kraft, der altid havde fascineret mig. Udgangsforbuddet efter klokken 23.15 havde været det seneste krav fra regeringen. Befolkningen havde døsende bukket og sagt: "Ja, det er jo alt sammen meget godt," og "Det har de kloge hoveder jo nok styr på." Det var kun mig, der havde vredet sig i søvne over dette. Det var kun mig, der havde tænkt over det og forholdt sig til det. Plaget sig selv med smerte over spekulationer. Smagt til med salt, der mindede foruroligende meget om metallisk blod.

Det var kun mig.

Cathrin.

Men jeg var kun 16 år, og jeg havde bare at bøje mig i støvet for Myndighederne, indtil om 147 dage, 23 timer og 32 minutter.

Bøje mig, indtil min mor ønskede mig tillykke med min myndighed og med, at jeg blev sat i verden for 17 år siden.

Lyden og duften af regnen gik igennem vinduerne, lige ind til der, hvor jeg stod, og jeg kom ubevidst til at smile. Vinden bed udenfor, og jeg overvejede at lukke vinduerne igen. Jeg gjorde det dog ikke, for politijakkerne med Skandinaviens våbenskjold på brystet trak stadig vejret, slubrede grådigt til sig af omgivelsernes ilt.

147 dage, 23 timer og 21 minutter ...

Politijakkerne rendte rundt i den fugtige gade i mærkværdige mønstre, iførte sig mærkværdige hvide gasmasker. Jeg så stille til, mens lastbiler og diverse ladvogne drønede ind på gårdspladsen uden chauffør til at styre dem. Papkasser blev slæbt ud af køretøjerne af de små myremennesker på gaden, der skyndte sig, som om Djævelen snart ville komme efter dem.

147 dage, 23 timer og otte minutter ...

Flere gasmasker blev delt ud fra papkasserne. Flere og flere af folkene forvandlede sig til ækle, blege uhyrer på ingen tid. Jeg gøs. Anede ikke, hvad de havde gang i. Jeg hørte lyden af min mors stemme i mit hoved. "Det hele handler om tillid, Cathrin. Hvis ikke vi stoler på Myndighederne, kan det hele bare ikke hænge sammen." Sådan sagde hun ofte, når jeg stillede for mange kritiske spørgsmål, begyndte at tænke, tænke, tænke. Tænke på andet end videnskabskanaler på fjernsynet og prologer til TV-serier, inden min mor tændte for flimmerkassen og så de selv samme ting. "Åh mor, hvornår vil du begynde at *tænke*?" hviskede jeg for mig selv.

Fem minutter ...

Ikke alle papkasserne indeholdt gasmasker, indså jeg nu, og jeg lænede mig ud ad vinduet for at kunne se bedre. Det var risikabelt, men villigheden til at give efter for min nysgerrighed var større end angsten for, at politiuniformerne skulle opdage mig her. Så fik jeg øje på dem. Flaskerne. De små bægre med rubinrøde og neongrønne væsker. Gasmaskefolkene tog flaskerne i hånden, og selv oppe fra mit vindue syntes jeg at høre en lille klirren fra dem. Jeg smilede vemodigt. Væskerne mindede mig om alt det, vi fik lov at undersøge i skolens kemilokale, før regeringens skolereform kom, og alt, *alt* blev anderledes. Da skikkelserne åbnede for flaskerne, mærkede jeg, hvordan mine øjne blev tungere og tungere, umulige at holde åbne ...

Tre minutter ...

To minutter ...

...

Min mobil bippede modbydelig højt og alt for tidligt, så selv mine tarme syntes at skrige på mere hvile, mere søvn, mere tid under den varme dyne på denne bistre vintermorgen. Jeg sukkede, gabte, inden jeg sparkede dynen af mine nøgne, forfrosne fødder og min klamme pyjamas. Sveden havde sat et tydeligt aftryk på lagnet under mig. Jeg havde haft mareridt i nat. Igen. En drøm med flaksende, skrigende flagermus, hvis blod havde flydt alle vegne, varmt og tykt. En nat med knitrende, fedtet spindelvæv, der havde omringet mig og forsøgt at kvæle mig med sine mange tråde.

Bruserens stråler var befriende kølige mod min hud, men jeg havde ikke meget tid. Tid skulle prioriteres, tiden skulle optimeres og ikke spenderes væk, dedikeres til ting, der var vigtigere end det meste. De mange formaninger kørte rundt i mit hoved, prikkede til min hud, fik den til at klø, *skynd dig, hurtigere, dagen er til for at blive brugt*. Tingene sløredes. Mine øjne var ikke helt vågne endnu. Øjenvipperne bevægede sig konstant som fjerlette sommerfugle. Tøj kom på, dækkede til.

Jeg skyndte mig at blive færdig med sminken, inden jeg smækkede døren i efter mig. Min mobil bippede alarmerende. *Videre, videre, videre*. Jeg ville ønske, jeg kunne nå at sige farvel til min mor, trængte til hendes kram, men tiden var knap.

Hastende passerede jeg en del mennesker på gaden. En kvinde klædt i et outfit, der strålede af business, rodede i sin håndtaske til klik-klak-klik-klak-lyden fra de høje hæle. En mand med furet ansigt og læderjakke gik med hænderne dybt begravet i sine lommer. Jeg gik til venstre ved det næste kryds, så til højre, nu lige ud. Vejen var velkendt. Der skulle ikke tænkes.

En mand, jeg før kun havde registreret ud ad øjenkrogen, kom op på siden af mig. Jeg rynkede øjenbrynene. Havde jeg ikke passeret ham, netop da jeg trådte ud på gaden denne morgen? Jeg begyndte at gå hurtigere. Luften smagte af røg og metal. Jeg sank en klump. Måtte hen til metroen og drukne i mængden af mennesker for at få det bedre. Jeg rystede. Havde det, som om manden åndede mig koldt i nakken. Den grå farve kriblede overalt på min hud og på mit tøj, som om både farven og jeg var gået bersærk.

Jeg åndede lettet op for en stund, da jeg omsider stod i menneskemængden foran metroen. Jeg så op i himlen, der var lige så faretruende grå som bygningerne omkring stationen. Smilende betragtede jeg de mange mennesker. I starten forekom det hele mig noget så sædvanligt. De mange mennesker på stationen. Himlen. Bygningerne omkring os. Dirrende kroppe indhyllet i store frakker. Det var først efter et stykke tid, jeg opdagede det. Forandringen. Det, der nu skar igennem min store jakke og mit maveskind, prikkede til min navle og stak længere ind til mine indvolde. Kravlede op til der, hvor mit hjerte pumpede blod rundt, som det havde gjort det i mere end 16 år. Alligevel var intet, som det skulle være. Det, der føltes som en modbydelig, skarp splint af is, trængte ind til mit inderste. Længe stod jeg og knugede min jakke tættere ind mod min krop, mens kolde tårer sejlede ned ad mine kinder. Jeg kunne ikke længere holde mine hænder stille. Kun se til, mens angsten og det forfærdelige trængte ind over mig.

Det var først nu, jeg så det. Disse menneskers øjne. *Øjnene*, tænkte jeg, og det var værre end den værste gyserfilm, jeg nogensinde havde set. *Det er øjnene, der er forandringen.*

Selvom jeg prøvede at få øjenkontakt med den lille pige med et smalt ansigt og bleg hud, reagerede hun ikke. Hun drejede godt nok hovedet, fordi hun kunne mærke mit blik hvile på sig - men der var noget andet, der manglede. Det, der plejede at lyse op i folks øjne, når de registrerede et andet menneskeligt ansigt. Det, der plejede at gøre ondt og undre i folks blikke, det, der plejede at få panderynken og tårer og strammende masker af smil frem i menneskers ansigter. Det var fuldstændig væk.

Før havde jeg aldrig lagt mærke til pupillernes lys. Nu, hvor den spinkle pige manglede det, virkede det så åbenlyst, så inderlig forkert, at hun ikke havde det. Jeg fik trang til at græde mere, tage fat i pigen og ruske hende, græde snot op i hendes ansigt, så hun kom til at *forstå*, forstå, at det her var helt forkert, få hende tilbage, *du må komme tilbage*!

Kvinden, der efterfølgende gik forbi mig i en stadig voksende strøm af mennesker med deres rygsække, var ikke et mindre rædselsvækkende syn. Hendes smil var stramt og falsk, så det var helt uhyggeligt at se på. Hendes skridt var taktfaste, og hendes ansigt havde mistet sin kulør.

Der var mennesker overalt, der havde mistet deres ansigts lys. Jeg havde det, som om jeg ikke kunne trække vejret, da jeg i vildrede forsøgte at få øje på bare *én eneste*, der stadig så en smule levende ud. Hvis der ikke var bare ét håb, tvivlede jeg på, at jeg kunne stå på benene ret meget længere. Svimmelheden kværnede rundt i mit hoved, svækkede mit syn en smule. Jeg hostede halvkvalt. Det mørke, der gjorde ondt i min mave, bredte sig som en steppebrand, som et hypermoderne USB-sticks fildeling i Dropbox, blokerede luftvejene, så jeg var tvunget til at finde en udvej.

Forfærdet og svævende et finurligt sted mellem kæmpetung lykkelettelse og rædsel, så jeg ham. Så først lyset i hans øjne og de små trækninger ved munden.

Bagefter - *ham*. Den selvsamme gråhårede, der tilsyneladende havde fulgt efter mig. Indeni boblede jeg over af lykke, *manden var levende, hans øjne lyste*. Jeg smilede til ham, skønt kuldegysningerne stadig mærkedes på mine fortsat rystende arme; jeg stod stadig midt i en hel flok af *ikke-mennesker*.

I det samme standsede et af togene ved sporet. Mandens øjne borede sig ind i mine for at få min opmærksomhed.

"Ind." Hans mund formede ordet tydeligt, så jeg forstod betydningen selv med afstanden imellem os. Jeg nikkede. Vidste, hvad jeg måtte gøre.

Uden at tøve masede jeg mig igennem mængden af *ikke-mennesker* og ind i vognen. Jeg gik over mod ham.

"Vi må være forsigtige," sagde han ind i mit øre, da vi mødtes i den ene ende af vognen. "Du må undskylde, jeg fulgte efter dig på den måde – du var den første, jeg så, der ikke var som dem." Han så som forstenet på de mange ikke-mennesker. "Mit navn er Kartan."

"Mit navn er Cathrin," sagde jeg.

Efterhånden som flere mennesker kom ind i vores vogn ved de forskellige stop, sluttede flere og flere mennesker med levende ansigter sig til os. De levende rynkede på næsten, veg tilbage for dem, hvis sjæle syntes at være udslukte.

"Jeg prøver at samle alle, der er som os," sagde Kartan, hver gang en ny levende kom over til os. "Vær venlig at blive her, så vi kan løse det her sammen." Efterhånden var vi en lille gruppe, der holdt sammen og vendte os væk fra ikke-menneskerne, når synet af dem blev for håbløst, for skræmmende. Det var først, da vognen standsede for 14. gang, at Kartan bad os om at forlade metroen.

"Kom," sagde Kartan med en stemme, der på én og samme tid var stille og hørbar for alle i vores lille gruppe. Vi fulgte alle efter ham, men flere af menneskerne kastede hovedet bagud, kløede sig i håret, orienterede sig, hittede ud af, ræsonnerede. *Tænkte*. Mit smil var varmt på mit ansigt. Dette var *mit* folk. Det var her, jeg hørte til.

Kartan krydsede fodgængerfeltet i lyskrydset, og vi andre fulgte efter ham hen til en gammel lagerbygning. Til forskel fra de mange andre bebyggelser kunne man stadig ane den gule farve under den grå facade. Et levn fra Den Gamle Verden, hvor mursten og farver var normalen.

"Vi kan snakke herinde," sagde Kartan lavmælt. "Bygningen her bliver ikke brugt længere." Vi fulgte efter ham ind ad den ulåste dør.

Lagerbygningen stank af skimmelsvamp og støvvirvler. Væggene var gulnede, næsten lige så rædselsfulde at se på som de orange gardiner, der dækkede vinduerne. Vi satte os på gulvet i det tomme lokale.

"Hvad er det, der er sket?" spurgte jeg ængsteligt Kartan. "Hvorfor er det kun os, der stadig er normale?" Kartan smilede bedrøvet.

"Det tror jeg, der er andre, der er bedre til at forklare," mente Kartan ved min side.

En krumrygget mand smilede til mig.

"Svaret er Codex *eight*, min pige," sagde den ældre med sin slidte stemme. "Så enkelt er det."

Jeg rynkede panden. Havde aldrig før hørt om Codex 8. Til gengæld havde jeg hørt om både Codex 4 og Codex 7. Robothandlerens ord fra dengang, min mor og jeg købte vores familierobot Herbert, stod stadig knivskarpe i mit hoved. *Codex 7 er den menneskelige intelligens. Den her robot* – robotforhandleren havde klappet Herbert på den skinnende metaloverflade – *den har Codex 4, så den er ganske intelligent af en robot at være.*

Jeg kløede mig i håret. Hvis Codex 7 var det almindelige intelligensniveau hos mennesker, hvad var Codex 8 så? Jeg sagde spørgsmålet højt.

Kartan rømmede sig. Flere i kredsen nikkede indforstået til ham. Kartan sukkede, inden han begyndte at fortælle: "Engang gik der en masse rygter om, at noget som det her ville ske." Kartan rystede på hovedet, mens han talte. "Rygter om, at det var muligt at afinstallere noget af menneskers intelligensniveau. Og rygter om, at nogen havde i tankerne at gøre det."

Kartan bed sig i læben. "Codex 8 kom frem på det illegale marked. Når et menneske får installeret Codex 8 i sin hjerne, kan Codex 7, 6 og laverestående Codex ikke blive slettet." Kartan smilede et kort øjeblik. "Det var dog langt fra ufarligt at få fat i Codex 8. Folk risikerede liv og lemmer for at få fat i det forbudte stof. Desuden kostede det forfærdelig mange penge på det sorte marked. Det var de færreste, der overhovedet havde en brøkdel af de penge, Codex 8 kostede. Få fik stoffet, de fleste måtte leve med frygten. Selvom mange plyndrede banker for at skrabe penge sammen, var der ingen, der havde råd til Codex 8 til mere end ét familiemedlem."

Han sank en klump. "Nogen må have slettet Codex 7 og muligvis også Codex 6 i befolkningens hjerner at dømme efter, hvilken tilstand folkene i metroen var i."

Tårerne løb ned ad mine kinder. Min mor måtte have givet Codex

8 til mig. Og nu var hun muligvis kun en smule mere intelligent, end Herbert var.

"Vi med Codex 8 har også betalt en pris for vores intelligens, om end ikke af så stor værdi som resten af borgerne," sagde Kartan. "Vi har ikke været forstået. Har haft en for høj refleksionsevne til at kunne passe ind. I dette samfund er det ikke meningen, man skal tænke. Her er det meningen, man skal følge med de andre." Vi andre nikkede. Jeg havde aldrig følt en så stor samhørighed med nogen, jeg dybest set ikke kendte, før nu. "Jeg forstår bare stadig ikke, hvorfor regeringen ikke gjorde Codex 8 lovligt."

Det var først nu, jeg kom i tanke om det. Politijakkerne. Gasmaskerne. Kemivæskerne. Lige udenfor mit vindue i nat. Jeg skyndte mig at fortælle de andre om det. Der lød flere gisp, da jeg havde afsluttet min beretning.

"Selvfølgelig," sagde en af Codex 8 kvinderne. "Selvfølgelig har det været Myndighederne, der stod bag."

Vreden ulmede inden i mig. Jeg knyttede mine hænder. Så på mit armbåndsur, der talte ned til min 17 års fødselsdag. En følelse, jeg ikke kunne genkende, voksede sig større og større i min mave. Der var 147 dage, 15 timer og 27 minutter til, at jeg blev 17. Men jeg kunne stadig være med til at gøre en forskel.

Rastløsheden kom snigende. Jeg kunne ikke klare at opholde mig i den gamle lagerbygning ret meget længere. Vi måtte få fat i noget Codex 8, så vi kunne gøre befolkningen rigtige i hovedet igen. Og i sidste ende gøre oprør mod regeringen, der var større tilhængere af magtsyge end af den frie tanke.

"Nogen, der ved, hvor man kan få noget Codex 8?" spurgte jeg.

"Jeg ved i hvert fald, man kan få det i Tyskland," svarede en fregnet kvinde efter noget betænkningstid. Det var tydeligt at mærke, hvordan stemningen pludselig blev mere lys, mere forhåbningsfuld. Som om sollys havde erstattet vintermørket udenfor. Vi vidste det alle sammen. Vi *måtte* til Tyskland. Ellers ville verden aldrig blive den samme igen.

"Vi må være forsigtige," mente en mand med hestehalefrisure. "Vi må være tilbage i Skandinavien inden udgangsforbuddet. Det vil være katastrofalt, hvis vi vækker mistanke." Vi andre nikkede. I samlet flok begav vi os ud af bygningen, spændte og beredte.

Toget tudede eftertrykkeligt, lige så snart vi nærmede os stationen. Jo færre der så os, jo bedre. Så snart en togvogn, der kørte mod Tyskland, standsede, ville vi stige på. Jeg smilede, mens tårerne febrilsk forsøgte at gemme sig i øjenkrogen. Så langt nåede vi dog ikke at komme, før vi så dem. Politibetjentene. Jeg mærkede en trykken for brystet. Kunne det være en tilfældighed, at de kom her på stationen?

Nej. Selvfølgelig var det ikke det. De klirrende flasker i deres hænder fik min hals til at snøre sig sammen. Jeg kunne ikke længere holde mine tårer tilbage, da en af politibetjentene smilede skælmsk til mig.

Vi nåede ikke engang at tænke på at flygte, før de havde omringet os. Det var næsten for let, for uretfærdigt til, at det kunne være sandt. Hvorfor skulle de også standse os netop nu, netop her?

"I troede vel nok, I kunne stille noget op imod os," sagde en af politijakkerne hvislende. "Men I kan aldrig vinde. Myndighederne har videoovervågning overalt. Selv i en gammel lagerbygning." Flere af mændene lo. "Vi vil skabe vores egen verden. Helt uden folkets indblanding." Våbenskjoldene skinnede på uniformerne, og jeg gøs. Hørte for mit indre øre Skandinaviens nationalsang, der lød fuldstændig forvrænget. Værre end negle mod kridttavler og gongonger, der kaldte til dommedag.

Flaskerne blev åbnet. Jeg forsøgte at holde vejret, gemme min mund og næse i mit tøj, flygte, men det var nyttesløst. Uden at ville det indåndede jeg væskerne. Indåndede den stærke lugt, der fik min hovedbund til at klø og mine øjne til at løbe i vand. De andre Codex 8-folk hostede så voldsomt, at det lød, som om de snart ville brække sig. Jeg stønnede, kaldte på hjælp, men de uintelligente var ikke til nogen hjælp. I mængden fik jeg øje på min mor, men hun kiggede bare på mig. Kiggede på mig, som om hun ikke engang havde registreret min tilstedeværelse. Jeg vred mig i smerte. Benene dirrede ukontrollabelt under mig. Jeg kunne ikke længere stå oprejst. Jeg brast i gråd, hikstede højlydt, da jeg blev tvunget i knæ.

Mærkede, hvordan Codex 8 langsomt forlod min krop.

Flygtet og glemt

Silke Fu Elmholdt, 14 år, Holstebro

Glemslen er sort.
Lidelse kender ingen grænser.
Ensomhed gør selv den stærkeste svag.
Mistillid er asken, der brænder, når ilden er væk.
Tavsheden er øredøvende, men den eneste allierede på din vej.

Det første, jeg lagde mærke til, var alt blodet. Det var over det hele, på væggene, vinduerne, møblerne, gardinerne og mine hænder. En klæbrig, rød masse, der lugtede stærkt af jern, med en snert af noget underligt sødt.

Jeg håbede, det var en drøm, et mareridt, jeg ville vågne op af lige om lidt, svedende og gispende, med et hjerte, der bankede så hårdt, at lyden overdøvede nattens stilhed.

Men det var ikke et mareridt, og det var heller ikke en drøm. Det var ren og skær virkelighed.

En virkelighed, der skræmte mig, en virkelighed, der gjorde, at jeg ville ønske, jeg kunne spole tiden tilbage og gøre det gjorte ugjort. Men jeg vidste, at det ikke var muligt, og det var derfor, jeg stod i et inferno af følelser, usagte bebrejdelser og ligene af min familie – min mor, min far, mit et og alt.

*

Jeg kiggede sløvt op. Rettede på det skinnende skilt og smilede hårdt, da lyset fangede den slidte skrift 'Overbetjent Jackson'. Sikke en gang pis. Jeg var ikke mere overbetjent end alle andre i byen. Faktisk var jeg ved nærmere eftertanke bare en titel. Et trofæ til byen. Noget, der skinnede så smukt udadtil, men var pilråddent indeni.

Jovist, det havde da sine fordele. En stor, fed pensionscheck, noget, vi alle går og drømmer om, og så gratis kaffe og kage hos Mollys – en bonus, jeg vist havde benyttet mig af lidt for mange gange. Men hva´ pokker, jeg lever trods alt kun én gang, og hvis jeg skulle være helt ærlig, hvilket jeg selvfølgelig var, eftersom jeg var ordensmagtens og alt det der, så skete der overhovedet ikke en fløjtende fis i byen.

Jeg havde mine ugentlige pligter, eller nogle faste regler, jeg skulle følge. Det var, som man valgte at tage det. Første prioritet var at sørge for ro og orden, hjælpe de trængende og syge, forstå byens moralbegreber og forklare dem for eventuelle afvigere. Holde foredrag på den lokale skole om livets barske realiteter, vold, stoffer, kriminalitet, sex og selvfølgelig råde dem til at holde sig fra det. Kort sagt, jeg kunne lige så godt havde været præst. Men det hverv havde Mr. Johnson godt nok overtaget. Ja, jeg vidste det godt. Mit liv var som dødens pølse, kedeligt og ensformigt.

Med et dramatisk suk, der efter min mening passede perfekt ind i sammenhængen, satte jeg mig bedre til rette i stolen, smækkede fødderne op på bordet og indstillede mig på en velfortjent lur. Men pludselig ringede telefonen, og jeg gravede febrilsk længere og længere ned i bunken af papir, takeaway-bokse og snavs, der efterhånden havde slugt næsten hele skrivebordet. Telefonen! Jeg holdte den oppe som et trofæ, men kom i tanke om, at jeg jo skulle tage den.

"Det er overbetjent Jackson." Igen smækkede jeg fødderne op og beredte mig på en sludder-for-en-sladder-snak.

"Vi har en drabssag." Årh nej, var det nu endnu en idiot, der havde påkørt en eller anden kat eller noget?

"Jaså?" Helt ærligt, midt i min pause!

"To lig, den ene er en Gabriel Newmann og den anden Jane Newmann. Datteren er den eneste overlevende."

"Hov, stop lige! Altså lig, som i menneske-lig?"

"Jeps." Jeg rettede mig straks op, det var det her, jeg altid havde håbet på.

"Okay, øhm – kald drengene sammen og send dem alle hen til gerningsstedet."

"Er gjort, chef."

"Okay, øhm tilkald doktor. Chardon."

"Skal ske, vi ses derude."

"Ja." Jeg smækkede røret på og løb ud til bilerne.

*

Jeg vågnede til lyden af sirener, og med en stønnen kom jeg på benene og gik hen til vinduet. Forsigtigt lirkede jeg gardinet til side og kiggede ud på hele scenariet. Det så ud, som om hele byen var mødt op, alle 946 indbyggere, og selvfølgelig – overbetjent Jackson. Med et gisp slap jeg gardinet, da en lygte fejede hen over vinduet. Jeg måtte væk, jeg måtte flygte.

Jeg småløb hen til den hemmelige bagindgang, men stivnede så pludseligt, da jeg hørte den høje banken. De var på vej. Jeg spurtede hen til døren og satte en stol for, inden jeg greb en taske og smed de mest nødvendige ting ned i den. Da bankelyden blev mere insisterende, løb jeg panisk hen mod bagindgangen. Jeg måtte væk, jeg måtte ... jeg snublede over noget tungt.

Det første, jeg så, var min mors vidt åbne øjne. Hendes ansigt var blodigt og forslået, og håret klæbede sig som en hjelm omkring hendes hjerteformede ansigt.

Skrigende kravlede jeg baglæns og ramlede igen ind i noget. Dennne gang lod jeg være med at kigge, men skyndte mig på benene og løb.

Med hivende åndedræt løb jeg ud i natten og forsatte op ad bakken og over åen.

Hvor jeg var på vej hen, vidste jeg ikke, før jeg stod i udkanten af skoven.

I starten var jeg ikke bange, men da en ugle begyndte at tude i det fjerne, lagde jeg mere og mere mærke til omgivelserne.

Hvordan træerne tårnede sig op som kæmpe skygger, der rakte ud efter mig. Og hvordan månen næsten ikke kunne trænge igennem grenene. Jeg gik i lang tid, timer føltes det som. Men endelig fandt jeg det, jeg søgte. Hulen under det kæmpestore egetræ.

Hvorfor der stod et egetræ blandt så mange grantræer, forstod jeg ikke. Men jeg forstod, at der kun var mig, egetræet og så skoven. Helt alene i mørket.

*

Pis! Frustreret strøg jeg hånden gennem håret, krængede jakken af og smed den på gulvet. Snøret af en pige! Sikke noget møg. Med rystende fingre fik jeg gang i cigaretten og sugede hårdt og inderligt den beroligende røg helt ned i lungerne. Hvad skulle jeg nu gøre? Mine muligheder var begrænsede, og selvom vi vidste, hun havde søgt tilflugt i skoven, så var det stadig et kæmpestort område at dække. Nej, den eneste mulighed var doktor Chardon – igen. Selvom han godt nok var en led satan, måtte han da vide et eller andet.

Men det var for sent nu, jeg kunne opsøge ham i morgen. Desuden havde jeg brug for et bad og så en dejlig, varm seng.

Mens jeg stod under den varme stråle og tænkte dagens begivenheder igennem, hørte jeg pludselig en lyd nedefra. Jeg stivnede kort, slukkede for vandet og slog håndklædet om livet. Med min tjenestepistol i den ene hånd gik jeg forsigtigt ned ad trinene.

Først tjekkede jeg stuen, så køkkenet og til sidst entreen. Da der ikke var nogen, gik jeg videre til det sidste rum, kontoret.

1, 2, 3. Med et højt brag smækkede jeg døren op og sigtede imod ... ja, ingenting.

Rummet var tomt, der var kun de blafrende gardiner.

Gud, hvor var jeg dum, at blive bange for en lyd, som en lille dreng.

Med et fnys lukkede jeg vinduet og gik op i seng. Det sidste, jeg kom til at tænke på, lige inden jeg faldt i søvn, var udtrykket i morens øjne – så tomt. Som et bundløst hul.

Jeg vågnede med et sæt og hamrede irriteret på vækkeuret. Med en gysen slog jeg dynen til side og trådte forsigtigt ud på det vamsede gulvtæppe.

Den tid, det tog at gå ned og så ramme sofaen med en kop kaffe, virkede nærmest som en evighed. Men da jeg endelig var begyndt at slappe af, kom jeg i tanke om mit held. Drabssagen.

Med tunge skridt gik jeg ud på badeværelset. Mens tandbørsten kørte, tænkte jeg dagens program igennem.

Altså jeg skulle ... øhm ... ja, altså, hovedsagen var bare, at det bestemt ikke ville være en normal dag, og det bekræftede den ringende telefon.

"Hvad så?" Jeg holdt røret fast, mens jeg ledte efter min sok.

"Kommer du eller hvad?"

"Ja, ja, slap af!" Hvor var den forbandede sok?

"Chardon er her, og du kender ham jo." Kun alt for godt.

"Vi har desuden fået vidneforklaring fra alle, men den ene af de nærmeste naboer mangler stadig, jeg tænkte, du måske ville tage ham." Nå, der var den. Sådan en lille, fræk sok, tænk, at den gemte sig for mig.

"Hallo, hører du efter?"

"Ja, selvfølgelig, er der om fem minutter." Jeg smækkede røret på og kløede mig fraværende på ballen.

Fem minutter?

Hurtigt trak jeg i tøjet, låste hoveddøren og fjernede stigen foran vinduet.

Da jeg endelig kom ind i den kolde bil, var der kun to minutter tilbage.

Men jeg nåede det i tide, godt nok med en ekstrem overtrædelse af fartbegrænsningerne.

Min allerførste drabssag.

*

"Hvad har du gjort?" Forvirret kiggede jeg rundt efter stemmen, men så ingen.

"Du har mistet!"

"Jeg ved det godt." Jeg stirrede ud i luften.

"Hvad har du gjort?"

"Und... undskyld!" Med et højt snøft tørrede jeg tårerne væk, der langsomt trillede som små regndråber.

"Det var din skyld!"

"Det var din skyld!" Langsomt døde stemmen ud. Panisk råbte jeg efter hjælp. Flygtede fra mørket, men forblev fanget. Jeg måtte væk, jeg måtte ... jeg snublede over noget tungt.

Det første, jeg så, var min mors vidt åbne øjne og blodige ansigt. Jeg skreg et højt skrig, der fik nakkehårene til at rejse sig ...

Jeg vågnede med en dunkende hovedpine og blev med det samme overvældet af det mørke, der omgav mig. Jeg savnede månen, så bleg og sart. En sølvkugle, der hang på en fløjlssort baggrund. Men med åbne øjne, der stirrede ind i mørket, kunne selv ikke ens fantasi forestille sig lyset.

Hvor ville jeg have givet alt for evnen til at se lyset, bare et lille strejf af varme og tryghed, et lille strejf af – hjemme.

En gysen jog igennem mig, og frygten voksede sig større og større. Med et ynkeligt klynk kravlede jeg længere ind i min hule og slog armene om mig selv. Flere gange lagde jeg mig på det velduftende gran og lukkede øjnene. Men hver gang forstyrrede skovens lyde roen, og jeg strøg op med et sæt. Først da mørket blev mindre kvælende, og lyset lige kunne anes igennem de tætte grene, faldt jeg i en urolig søvn.

*

Jeg kom bragende ind på kontoret og kastede et kort blik på sekretæren, der med en skratten skrev uafbrudt. Okay, der her var uventet. Jeg rømmede mig og fik et surt, gennemborende blik retur, hvorefter hun med klaprende hæle viste mig hen til et rum, jeg ikke engang vidste eksisterede.

"Dit sidste vidne." Hun pegede med en krum rødmalet negl på den tynde skikkelse.

"Okay, øhm, tak." Hun himlede med øjne og vendte om på hælene.

"Øh, vent!" Jeg greb ud efter hendes arm. "Hvordan gør man det, altså du ved, afhører et vidne?"

I starten kiggede hun bare med et forarget blik, først ned på min hånd og derefter på mig.

Så sukkede hun opgivende.

"Har du set krimiserier?" Jeg nikkede stumt. "Okay, så bare gør ligesom dem. Lad, som om du har styr på det, virk professionel og kold, og her – læs det igennem." Hun rakte mig et stykke papir.

Jeg kastede et kort blik på overskriften, 'Afhøring for nybegyndere'. Ærligt talt, hvem fandt på sådan noget? Nå skidt, med en knirken åbnede jeg døren ind til afhøringslokalet.

Jeg startede båndoptageren og kiggede derefter på den tavse mand, der sad sammenkrøbet på den hårde træstol.

"Afhøring af Mr. James Dean den 16. oktober klokken 16:44. Vil du være så venlig at bekræfte dit navn?"

"James Dean."

"Inden vi starter vil jeg gøre dig opmærksom på, at dette i princippet ikke er en afhøring, men dine udsagn, der eventuelt kommer frem i dag, og som er relevante for mordet på Newmann-parret kan bruges i den videre efterforskning. Bekræft, at du er indforstået." Han nikkede tavst.

"Mr. Dean nikker." Jeg roede lidt i papirerne, indtil jeg fandt det, jeg ønskede, og koncentrerede mig igen om manden over for mig.

"Nå, Mr. Dean, beskriv dit forhold til Mr. og Mrs. Newmann!" Jeg kiggede på ham med en udstråling af stålsat ro og autoritet. Hvor ville min sekretær have været stolt.

"Øhm, jeg flyttede ind i huset ved siden af dem for cirka 3 år siden, og siden da har vi, ja, været naboer og det." Han grinte lidt usikkert og stirrede derefter ned i bordet.

"Hvordan var dit personlige forhold så til dem?" Med rystende hænder drak han en lille slurk vand, inden han svarede.

"Jo, jeg vil mene, at vi havde et rimelig godt forhold – men selvfølgelig havde vi et enkelt skænderi i ny og næ, det hører jo ligesom til." Igen grinte han usikkert.

"Og hvilken slags skænderi var det?"

"Altså, det var forskelligt."

"Så der var mere end bare et enkelt?

"Ja. Jeg mener nej!" Han sukkede.

"Hvor mange havde i?"

"Fem, måske seks."

"Nævn de emner, det omhandlede!"

"Der var den med posten, og musikken. Øhm ja, også et par gange med deres hund." Han knugede hænderne sammen, så knoerne blev helt hvide.

"Var der ikke flere – du sagde trods alt 5-6?" Jeg vidste, jeg havde fået fat i noget, så nu gjaldt det bare om at få det trukket helt frem i lyset.

"Der var vist én enkelt."

"Og det handlede om …?"

"Det var bare en lille uoverensstemmelse."

"Hvilken slags uoverensstemmelse?"

"Bare en lille en!"

"Svar på spørgsmålet!"

"Det var bare nogle blade ovre på min grund."

"Og hvorfor påvirkede det dig? Altså, der er jo blade over det hele."

"Det har du selvfølgelig ret i."

"Men det var stadig træls for dig?" I et kort øjeblik sad han bare helt stiv, som om han overvejede svaret. Udfaldet var katastrofalt. "Ja! Gu fanden var det træls!" Han røg op af stolen, så den væltede med et højt brag. "Hver evig eneste gang jeg kom ud i min have, havde de smidt et eller andet skrald over hækken." Han tog sine briller af og tørrede sveden af panden, før han forsatte. "Og til sidst gik jeg over for at snakke med dem som et civiliseret menneske. Og ... og så ..." Med et stivnede han, rejste sin stol op og satte sig igen ned, lige så tavs som graven.

"Har du mere at tilføje?"

"Nej!" Han rystede energisk på hovedet og lagde demonstrativt armene over kors.

"Afhøringen af Mr. James Dean afsluttet klokken 17:14. Tak for i dag." Jeg nikkede til advokaten og tog så båndet med mig ud. Se, det havde været en sjov afhøring.

*

Tror du på Gud, mor?" Jeg kiggede op fra papiret og nåede lige at se hendes smil.

"Spørgsmålet er vist nærmere, om du tror på gud, min engel." Jeg spekulerede lidt og rystede derefter på hovedet.

"Nej, for hvis der var en Gud, hvorfor er der så stadig krig og død?"

"Det ved jeg ikke."

"Jeg tror, det er menneskers undskyldning for at ødelægge det, de ikke selv kan forstå." Jeg tegnede koncentreret videre, mens jeg tænkte over mit næste spørgsmål. "Hvem er gud?"

Igen grinte hun. "Åhh, min lille engel, så mange spørgsmål – men hvis jeg skal svare ærligt, så tror jeg, at Gud er håb. Det var håbet, der bragte soldaterne gennem krigen, håbet, der gav bønder mad på bordet, håbet, der bringer os igennem livet skridt for skridt. At håbet så kom i form af en Gud, er ubegribeligt." Jeg tænkte hendes svar igennem, og nikkede så samtykkende.*

"Se, mor!" Jeg viste hende stolt tegningen.

"Nej, hvor er den flot, hvad skal den forestille?"

"Det er dig og far, der er oppe i himlen som engle, og mig, der er nede på jorden, men på vej op til jer."

Jeg stoppede med at skrive og lagde kuglepennen på bogen. Siden jeg var kommet herud, var jeg begyndt at skrive alle de samtaler, jeg kunne huske, jeg havde haft med mine forældre, ned.

Hvorfor var jeg ikke helt klar over, jeg vidste bare, at den lille handling bragte mig tættere på dem. Jeg var næsten færdig. Den, eneste jeg manglede, var den samtale lige inden – den aften.

En samtale, jeg ikke havde brug for at skrive ned.

*

Det var onsdag. Hvilket betød, at det var tid thil at slå et smut forbi Molly´s. De andre dage havde været fuldkommen domineret af drabssagen, så jeg syntes, det var på tide at holde liv i en enkelt tradition – æbletærte med flødeskum og kaffe.

Jeg foldede smilende avisen sammen, da et kæmpe bjerg af rent sukker blev sat foran mig.

"Velbekomme."

"Tak." Jeg greb gaflen og begyndte med det bedste, flødeskummet.

"Her er din kaffe." En ung, smilende servitrice placerede forsigtigt den skoldhede kop.

I lang tid stod hun bare og trippede, som om hun havde noget på hjerte.

Jeg sukkede, det var så den pause. Med et nonchalant-agtigt ansigtsudtryk lagde jeg gaflen, duppede mig forsigtigt om munden og kiggede så spørgende på hende.

"Er der noget, jeg kan hjælpe med?" Hun nikkede halvt og smilte så nervøst.

"Jo, ser du, jeg ville bare høre, hvordan det går med Newmann-sagen."

"Det går fint, hvorfor da?"

"Det var bare, fordi jeg har gået i klasse med datteren." Med et blev min nysgerrighed vakt.

"Jaså. Hvor lang tid?"

"Lang tid. Vi var bedste veninder i de små klasser, men så voksede vi fra hinanden." Hun smilte lidt undskyldende.

"Okay, kan du så tilfældigvis fortælle mig, hvor hun ville tage hen, hvis det skulle være inde i skoven?" Forhåbningsfuldt krydsede jeg fingre.

"Skoven? Jo, selvfølgelig, lad mig lige tænke." Kom nu, sig at du har et spor! "Nu kan jeg huske det! Vi havde engang en hule oppe omkring East Lake, godt 8-12 kilometer herfra, man kan ikke tage fejl, det er under et stort egetræ."

*

Min mor havde altid fortalt mig, at mit syn på verden var lige på og hårdt, grænsende til det kyniske. Måske var det derfor, at jeg ikke valgte at flygte denne gang, selv om jeg sagtens kunne være sluppet væk. I stedet valgte jeg at se realiteterne i øjne, for at flygte kunne jeg trods alt ikke blive ved med. Men der var ikke tale om en overgivelse, snarere om en hjælp til overbetjent Jackson, så hans liv ikke var så besværligt. Jeg var klar til at opgive friheden.

Med tasken over den ene skulder stod jeg og ventede på dem. Jeg havde valgt at tage alle mine
  ejendele med, undtagen én ting – min notesbog, for mine forældres frihed kunne jeg ikke opgive.
  Jeg kunne høre, at de nærmede sig, men tiden gik stadig dræbende langsomt.
  På den ene side ville jeg bare gerne have det overstået, og så på den anden side ville jeg bare gerne nyde mine sidste minutter. Det var nok sådan, en fange, der sad på dødsgangen, havde det, men jeg var vel også dødsdømt.
  Så, endelig, stod de alle sammen på rad og række foran mig. Hurtigt skimmede jeg ansigterne igennem, jo, den var god nok. Alle byens spidser var til stede. Med beslutsomme skridt gik jeg hen imod dem, hagen var højt hævet og viljen ukuelig. Jeg kastede et kort blik på de medbragte geværer – herregud! Man skulle tro, jeg var et vildt dyr med hundegalskab eller noget. Med et overlegent fnys begyndte jeg hjemturen.
  I starten var der vild opstandelse bag mig, men snart kunne jeg høre trampende fodtrin. Alligevel kastede jeg et kort blik over skulderen, jo, det var alle – stiv af skræk stirrede jeg på ansigtet. De velkendte briller, den krogede næse og tynde skikkelse. Det var ham!

*

"Hr. overbetjent, her er de sidste rapporter fra gerningsstedet." Jeg vendte blikket væk fra den sammensunkne skikkelse, der sad tavs og ubevægelig på den hårde træstol.
  "Tak, Michael." Med et klodset klap på skulderen sendte jeg den unge betjent væk og skimmede hurtigt rapporterne igennem. Med en klagende lyd gik døren op, og jeg kiggede afventende på den lille, halvskaldede mand. Han rystede tavst på hovedet, og med et dybt suk viste jeg ham hen til bordet, hvor der var sat kaffe og kage frem.

"Har hun overhovedet sagt noget?" Jeg lagde rapporterne væk i sikker afstand fra kaffen, og fra nysgerrige øjne.

"Nej."

"Jeg forstår det ikke. Det er over fem dage siden, vi fandt hende."

Jeg kiggede irriteret på den gumlende mand foran mig. "Tro mig, det gør jeg heller ikke." Han tog en slubrende mundfuld kaffe, før han forsatte. "I de 30 år, jeg har været psykolog, har jeg aldrig mødt en så hård og uigennemtrængelig mental barriere." Jeg sukkede igen.

"Hvilken muligheder har vi?"

Han trak tøvende på skulderene og rømmede sig.

"Det eneste rationelle, vi kan gøre, er at give hende tid, og så vil jeg prøve at trænge ind til hende."

"Og hvornår vil du gøre det?" Med et rastløst blik prøvede jeg at fokusere på hans små øjne, der var gemt godt af vejen bag de tykke brilleglas.

"Det ved jeg ikke, jeg har givet hende noget beroligende til at tage chokket." Han smilede tandløst, og pegede med en krum finger på den sidste kage. "Må jeg?" Jeg nikkede, sukkede opgivende og gik hen til vinduet. Hvis jeg bare kunne få hende til at tilstå, så ville jeg få en stor, fed pensionscheck, der gjorde det muligt for mig at trække mig helt tilbage. Måske i et lille hus ude ved havet? Med fornyet energi åbnede jeg døren og gik med friske, målbevidste skridt hen til bordet.

"Kan du genkende det her?" Jeg viste hende billederne fra gerningsstedet. Intet svar.

"Kan du sige mig navne på de her to?" Igen – intet svar.

"Hvor var du henne mellem 18:00 og 21:00 den 14. oktober?" Intet svar. Jeg sukkede og faldt sammen i stolen. Igen blev jeg overvundet af stilheden. I lang tid sad vi bare der, mens sekunderne tikkede af sted. Tik, tak, tik, tak, tik, tak.

Drevet af magtesløsheden sprang jeg op af stolen og greb fat i hendes arm.

"Så sig dog noget, tøs!" I starten skete der ikke noget. Men pludselig vendte hun hovedet mod mig, og jeg stirrede ind i de mest blå øjne, jeg nogen sinde havde set.

Med et højt bump ramte jeg stolen. Jeg havde endelig fået en reaktion, det var vel godt? Jeg burde være stolt, ikke? Men det var bare det ... det blik. Det var så tomt. Som et bundløst hul.

Og øjnene, de lyste som ild under det snavsede hår og de ildelugtende lag af jord og blod.

Hendes læber formede et ord, lydløse bogstaver, der langsomt blev højere.

"Han er ond!" Hun gispede, tog sig til struben og faldt så livløs om på bordet. Jeg behøvede ikke en læge til at konstatere noget, jeg godt vidste i forvejen – hun var død.

Epilog

Jeg stirrede tavst på den friske grav, og med et sørgmodigt suk lagde jeg en adonis – for triste minder.

Det var en skam, at alt skulle ende så trist, men på den anden side var jeg også sikker på, hun havde fået en slags fred, som livet aldrig ville have kunnet give hende.

Med et sidste farvel i tankerne gik jeg ned igennem rækken af gravsten og ud på vejen.

Nu var der kun én ting tilbage at gøre: Den rigtige morder skulle dømmes. I dag, i morgen, måske aldrig. Det eneste, jeg havde at gå efter, var hendes sidste udtalelse.

Den dag jeg gjorde oprør mod mig selv

Freja Thode Hougaard, 14 år. Aarhus

Baseret på en rigtig hændelse

Selvom man nok ville tro, at der allerede havde været oplevelser nok, var dagen langt fra slut, men hvad kunne man ellers forvente af den første dag af et efterskoleophold? Jeg var spændt, og jeg vidste ikke helt, hvad der gjorde størst indtryk på mig, lige indtil jeg mødte ham. Han havde brunt hår og bøjle, det vil sige, det har han stadig. Egentlig så var det ikke kærlighed ved første blik, han var bare en dreng fra min venskabsfamilie, eller som vi kaldte det, fætre og kusiner, onkler og tanter og den slags. "Han er da flink," var nok min første tanke. Vi skulle lave en form for speed-dating, hvor vi skulle snakke om et bestemt emne. Jeg kan ærligt talt ikke huske, hvad vi snakkede om. Jeg tror heller ikke, det havde den store betydning, for det var ikke, fordi han havde en bestemt holdning til noget, som havde en indflydelse på mig, du ved, noget, som ville have haft en virkning på, hvordan jeg havde det med ham. Men på den anden side så ville jeg nok kunne lide ham, om vi så var enige eller uenige. "Hej, jeg hedder Morten," havde han sagt med hånden fremstrakt, der hvor vi sad overfor hinanden. "Jeg hedder Sandra," sagde jeg og tog hans hånd. Fast håndtryk.

Vi snakkede sammen og grinte sammen dagen efter og dagen efter igen. Vi snakkede simpelthen bare godt sammen, og jeg begyndte at kunne lide ham. Jeg blev ved med at overbevise mig selv om, at det bare var et lille crush, men jeg syntes virkelig, at han var sød, og jeg kunne godt lide hans måde at være på. Det kan også godt være, at jeg ikke var forelsket i *ham*, men bare i den opmærksomhed, han gav mig. Det er vel også lidt hurtigt at blive forelsket, tre dage. Om onsdagen sad vi og spillede Ego, som er et spil, der går ud på at kende hinanden godt. Jeg fik et spørgsmål om, hvilken øjenfarve der var mest sexet, og jeg tænkte med det samme 'grønne'. Jeg ved ikke hvorfor, jeg har bare altid elsket grønne øjne og i det hele taget farven grøn. Han begyndte at snakke om hans egen øjenfarve, som åbenbart var grøn. Jeg hørte ikke rigtig, hvad han sagde, jeg tænkte bare YES. Ikke nok med, at han var sød og sjov, han var også pæn og havde GRØNNE ØJNE. Jeg skrev det alt sammen ned i min dagbog. Jeg var så glad og gik og fløjtede, selvom jeg ikke kunne fløjte, og jeg var glad hele tiden.

Om torsdagen skulle vi alle ud i byen for at finde pynt til vores borde, som vi sad ved, når vi spiste i familierne. Vi skulle ud sammen med vores venskabsfamilie, så du kan nok forstå, at jeg var en spændt lille mus, der vidste, at den ville finde noget ost på den anden side af døren. Vi var på vej ned ad gaden for at komme i Tiger, og jeg gik lidt bag Morten. Så kunne jeg ligesom mærke, at han satte farten lidt ned for at komme hen på siden af mig. "Nåh, Sandra, er det så godt at gå på efterskole?" Det var måske ikke lige det, jeg havde regnet med, at han ville sige, så det tog mig lige et øjeblik at formulere et svar. "Øh ...det er mega fedt ..." Det lød ikke særlig overbevisende, men jeg fik hurtigt andet at tænke på, for jeg skulle have spurgt ham om det samme. Samtalen begyndte ligesom at stoppe, og så var der kun den der pinlige tavshed tilbage. Efter noget, det føltes som flere dages tavshed, stod vi endelig foran Tiger, og Lena (familie 4's familiemor) begyndte at snakke om gode ideer til, hvad det kunne være for nogle ting, vi skulle købe. Blomsterkranse, blomster, hullaskørter og den slags, det var sådan lidt en strandfest, bare indendørs. Jeg var sådan set lidt ligeglad, jeg tænkte kun på, om jeg kunne få lov at snakke med Morten bagefter. Men da vi kom ud igen, så tog vi direkte hen for at købe en is, og jeg kom til at falde i snak med en af mine "kusiner". Man kan jo ikke bare gå fra en samtale, så jeg kunne bare sidde og se på ham, selvom jeg gerne ville snakke med ham. Da vi så endelig var færdige, skulle pigerne i genbrugsbutikker og drengene et eller andet sted hen, som jeg ikke helt fangede, og efter det skulle vi hjem, og jeg tænker stadig på, hvordan jeg kunne have udnyttet situationen bedre, uden at det ville blive totalt akavet. Men nu var chancen forpasset. Fredagen stod i festens tegn, og jeg var spændt på, om jeg ville komme til at danse med Morten. Da vi havde haft vores fantastiske festmiddag, fik vi de hersens festkort, hvor der skulle stå navnene på de tre personer, som man skulle danse med. På kortet var der et billede, en tegning og en linje. Vi fik at vide, at de to første skulle matche med en eller anden person på skolen, så man ikke selv fik lov at vælge, men den sidste dans måtte man selv vælge. Jeg tænkte selvfølgelig på Morten. Vi gik rundt omkring hinanden på hele skolen på en gang, indtil vi havde fundet vores partnere, og så kunne man få lov at gå. Jeg fandt to piger, jeg ikke kendte i forvejen, men jeg ventede med den sidste dans, så Morten kunne få en chance for at spørge mig, men det gjorde han ikke. Alligevel tænkte jeg: "Giv ham noget tid."

Lidt senere på aftenen, men dog før vi skulle danse, sad vi og hørte hyldesten til kvinden, og Morten spurgte, om han måtte ligge i mit skød. Jeg var lige ved at eksplodere af glæde og sagde selvfølgelig ja, men to sekunder efter sagde han, at det alligevel ikke var så rart at ligge der, og det var selvfølgelig også i orden. Jeg sad jo i skrædderstilling, og det kan ikke være særlig behageligt at ligge opad. Men jeg var knust indeni. Lige før dansen kom han hen til mig, og jeg var sikker på, at han ville spørge, om jeg ville danse med ham til den sidste dans, men i stedet gav han mig en af de hersens pinde med guldstrimler på toppen, så det lignede et springvand. Jeg tog den og satte den i håret og håbede på, at han ville spørge, men det gjorde han ikke. Han gik bare videre. Jeg tænkte, at det også ville være mere romantisk, hvis han bare tog min hånd, og vi så bare dansede.

Da jeg havde danset de to første danse, fik vi lidt luft udenfor. Det var en hel befrielse at komme ud i den friske luft. Jeg kunne mærke, hvor meget ilt der nu var, som den blødeste drik, der bare flød ned gennem min hals. Der bliver meget hurtigt meget varmt, når 140 elever giver den gas på et dansegulv. Pludselig begyndte det at regne, og de andre styrtede ind. Jeg løb med dem, selvom jeg havde mest lyst til at blive i regnen og få vasket al utålmodigheden af mig. Da vi kom ind, var de begyndt på en sang, som jeg ikke kendte, men det var ikke en sjæler, og jeg stod sammen med nogle piger og spejdede efter ham, så diskret som jeg nu kunne. Da var han i færd med at danse med en pige, som vistnok hed Cecilia. Hun havde rødbrunt hår og et kæmpe smil på læberne. Jeg var ved at besvime af en blanding mellem skuffelse og vrede. Men jeg formåede at opføre mig normalt og dansede resten af aftenen sammen med mine veninder: Lea, Clara og så en, der hed Viola, som jeg ikke kendte.

Da vi så traditionen tro havde danset den sidste dans til "Rabalderstræde", havde stillet stolene på plads inde i foredragssalen, som var den, der havde fungeret som dansegulv, og sad som velopdragne børn i vores familier, lagde Morten, som sad bag mig, sin hånd på min skulder. "Hey Sandra, jeg tænkte på ..." Mit hjerte var lige ved at sprænges, også selvom jeg ikke vidste, hvad det mon kunne være, han ville sige. "Øh må jeg ikke godt få den tilbage?" Han pegede hen på den der dims, jeg havde haft i håret hele aftenen. "Jo, selvfølgelig ..." Al den energi, jeg havde haft for to sekunder siden, var nu pist forsvundet, men jeg rakte ham den og bevarede smilet på læben resten af aftenen, indtil jeg gik i seng. Så lå jeg helt modløs og stirrede på min guitar, eller måske var jeg bare træt.

De næste par dage var jeg bare helt død. Jeg spiste ingenting, jeg lavede bare mine lektier. Jeg havde bare det her helt udtryksløse ansigt. Jeg prøvede jo at blive gode venner med Cecilia, men det var ligesom lidt svært, når nu hun var ved at stjæle den fyr, jeg var vild med. Det var, lige som om jeg havde et "indre had" til hende. Hun var ellers en sød pige. Jeg var en del sammen med dem, og det var hyggeligt, men der var ligesom noget galt. Vi grinte, men jeg var ikke glad indeni. Som når man kæmper for noget, som man allerede ved, at man har tabt, som en fugl i bur. Hun var også meget smuk, og det var, som om de var skabt for hinanden. En dag fik jeg det dårligt og gik ned på mit værelse. Mine skridt var tunge på vej ned ad den gang, som vi kaldte 100-gangen, og jeg kunne næsten ikke forestille mig, hvordan jeg overhovedet skulle komme igennem dagen. Jeg endte mirakuløst nede på mit værelse og landede i min seng. Min pude blev helt våd af tårer, og jeg vidste ikke, hvor jeg skulle gøre af mig selv. Jeg ville helst ikke forlade mit værelse.

Efter at have grædt en del blev jeg enig med mig selv om, at det umuligt kunne være sundt at lade sig påvirke så voldsomt af en person, som ikke engang gad have en. Ugen efter snakkede jeg slet ikke med Morten. Jeg græd næsten hver aften, for jeg kunne ikke klare ikke at være sammen med ham. Jeg forstod pludselig, hvordan det var at være afhængig af nogen; også selvom følelsen ikke var gengældt, var det sådan, jeg havde det. Jeg lærte to af mine nuværende bedste veninder at kende: Amalie og Viola. Jeg er lidt ked af, at de lærte mig at kende, mens jeg var helt dernede i kulkælderen, som man siger.

I dag er Morten kærester med Viola, og jeg har det helt fint med det, måske også fordi jeg er så glad for Viola nu, at jeg ikke vil lade vores venskab blive ødelagt på grund af en fyr. Jeg er vild med en anden, som jeg er ret sikker på også godt kan lide mig.

Balance

Amalie Nørskov Mouridsen, 13 år, Holstebro

Perfekt. Dét ord beskrev alt ved ham. Men langt fra alt var perfekt. Han vidste ingenting. Hverken om min natur eller om det, jeg var nødt til at gøre. Han vidste intet om mine vinger. Intet menneske vidste noget om dem. De var foldet sammen på min ryg. For ham var de usynlige. Han kunne heller ikke mærke, lugte eller høre dem. Jeg havde ellers lyst til at kilde ham på kinden med nogle af mine hvide fjer, men de eksisterede ikke for ham. Alle de hemmeligheder. Jeg hadede at skjule så stor en del af mig selv for ham.

"Dave?" hviskede jeg.

"Mmm," mumlede han ned mod mit hår. Jeg tog fat i hans arme og lagde dem strammere om mig. Sandet gled fint mellem mine tæer på vej hen mod hans fod.

"Du må aldrig give slip." Jeg kyssede hans hænder.

"Shh," hviskede han. "Nyd øjeblikket." Jeg lagde hovedet tæt ind mod hans bryst, mens jeg betragtede himlens smukke farver. En lille del af mig savnede at sidde på de orange skyer og følge solens stråler ned under horisonten. Den del var fjollet. Dave **var** og **skulle** være min fremtid. Det var ham, der formede mit liv. Det var ham, der gav mig lysten til at leve. De sidste stråler kæmpede for at blive på himlen. Nogle få stjerner glimtede allerede.

"Er det ikke fortryllende?" mumlede Dave.

"Hvad?" spurgte jeg.

"At det smukke skal forsvinde, for at noget andet smukt kan opstå?"

"Jo." Det vidste jeg alt om, for det var lige præcis det, det hele gik ud på. At englen skulle forsvinde, så mennesket kunne leve. Han strøg mig over kinden.

"Hvad tænker du på?" spurgte han med sin bløde stemme.

"Dig," sagde jeg og vendte mig halvt rundt, så jeg kunne se på ham. "Men du er endnu smukkere, end jeg kan forestille mig." Han kyssede min pande. "Og du er den mest fantastiske pige, der findes," hviskede han.

Jeg lagde mig i sengen. Om en måned ville jeg ikke længere kunne ligge i hans favn. Se hans ansigt, føle hans tryghed, smage hans læber, høre hans stemme, lugte hans parfume, alt ville forsvinde. Kun erindringen ville være tilbage. Mine tårer begyndte at strømme ned ad mine kinder. De trak sorte streger efter sig. Jeg vidste godt, at jeg ikke behøvede at græde. Der var en hel måned at blive menneske i. De sidste tårer gled ned ad mine kinder, før jeg rejste mig og gik ud på badeværelset. Et suk undslap mine læber, da jeg så mit spejlbillede. Min mascara var tværet ud i hele mit ansigt. Det ville tage en krig at få det hele af. Jeg tog nogle skridt hen mod vasken og indledte krigen. Hvordan skulle jeg blive menneske? Alle, der boede i Paradis, var ude af stand til at svare mig. De ville nægte mig det. Men hvem kunne ellers svare mig? Det vidste jeg godt, men turde jeg vove mig derned? Turde jeg overhovedet tænke på at vove mig derned? Jeg var nødt til det. Lige meget om jeg turde eller ej, skulle jeg derned. Men hvis jeg ikke kunne løse gåden, som de svarede mig med, eller løste den forkert, havde jeg kun mistet i stedet for at få. Jeg ville miste en dag med Dave. Hvis jeg fik tusindvis af andre dage med ham, var det så ikke det værd? Jo. Men kun hvis jeg virkelig fik tusind andre dage med ham. Det var svært, men inderst inde vidste jeg, hvad jeg ville gøre – det, som jeg blev nødt til at gøre. Jeg smed alt vattet i skraldespanden og tjekkede, om der var flere mascararester i mit ansigt. Efter en grundig undersøgelse gik jeg i gang med at pakke til den næste dag.

"Og du er sikker på, at det ikke bare er en smule kløe i halsen?" spurgte min irriterende klasselærer gennem telefonen.

122

"Ja," hostede jeg. "Min næse løber også, og jeg har kvalme." For at gøre det mere troværdigt snøftede jeg. "*Du er helt sikker på, at du ikke kan komme i skole i dag?*" blev hun ved. "Selvfølgelig," sagde jeg med en påtaget tålmodighed efterfulgt af et voldsomt – og falskt – hosteanfald. "*Godt, jeg skriver syg ud for dig i klassens kalender.*" Hun lød overbevist, og jeg bandede indvendigt over, at jeg ikke havde fået 'hosteanfaldet' noget før. "Tak for, at du forstår," snøftede jeg. "*Farvel, Liva,*" sagde hun. "Farv..." nåede jeg at sige, inden det gik op for mig, at hun havde lagt røret på. Den nemme del var overstået. Jeg sank en klump og stoppede tankerne med en sang i ørerne. Min iPhone spillede min yndlingsplayliste, så jeg kunne få tankerne på afstand. Det hjalp ikke. Grusomme billeder dukkede hele tiden op. Jeg var ved at skabe ubalance i naturens system. En engel brød den største regel, hvis han eller hun krydsede grænsen til Helvede. Min cykel stod uberørt udenfor. Den så helt ny ud. Egentlig havde jeg købt den for fem måneder siden, da jeg kom til jorden for at studere den menneskelige adfærd for dem, der skulle skabe fred i byerne på jorden. Det var første gang, jeg skulle bruge den, men jeg vidste, at det ville være let for mig. Jeg var en engel. Engle lærte teknikken i ting, når de rørte dem. Når vi rører mennesker, kan vi høre deres hjerte og tanker. Vi kan se alle knogler, organer, blodårer, det hele. Alting træder frem for vores indre blik og spiller som en kortfilm, som først stopper, når den er færdig. Helt færdig. Jeg satte mig op på cyklen og trampede i pedalerne. Engle blev heller ikke trætte. Jeg kunne fortsætte i lang tid uden at blive den mindste smule forpustet. Den gave blev jeg meget taknemmelig for i det øjeblik. Hurtigere, hurtigere. Tramp, tramp. Jeg prøvede at holde mine tanker på det. Min teknik fejlede, og de grusomme billeder blev værre og værre. Til sidst var jeg nødt til at stoppe op for at græde af angst.

Porten var frygtindgydende. Den var firkantet og lavet af tremmer. Som om dem inde bag den var fanget. De midterste tremmer formede omridset af et kranium. Jeg gyste. Tremmerne var i en gul farve – næsten som betændelse, eller som gamle knogler. Der var hverken håndtag eller nøglehul. Hvordan kom jeg ind? Porten ville give mig svaret, så jeg lagde min hånd på den, og billederne tonede frem under en underlig grå tåge. De var lidt utydelige, men heldigvis forstod jeg, hvad jeg skulle gøre. Jeg tegnede øjenhuler og det trekantede hul ved næsens plads med min pegefinger. Porten gled op med en sløv bevægelse og en knirken, der lød som spøgelseshyl. Jeg sank en klump og ignorerede mit paniske hjerte. En gummiagtig fornemmelse i mine ben og rystelser gjorde det svært for mig at gå. Kulden lammede min hånd, da jeg støttede mig til porten. Det hele snurrede for mig, og jeg turde næsten ikke træde over den synlige grænse, der var tegnet op med en sort, geleagtig masse. Jeg stak min skosnude prøvende imod den, og den blævrede under min berøring. En bar, glat fod trådte over massen for mit indre blik, derefter blev foden sort og rynket, som om huden trak sig sammen i smerte. Det var et forfærdeligt syn. Jeg slettede alle bekymringer fra min hjerne og trådte over med lukkede øjne. Mod. Det var mod, jeg havde brug for. Hver lille del af min krop, der indeholdt mod, prøvede jeg at tappe og trak det alt sammen ind i min kerne. Min sjæl. Det hjalp. En dyb indånding, og derefter åbnede jeg mine øjne. Min hud var normal. Alligevel trak jeg mine støvler af for at tjekke mine fødder. Jeg åndede lettet op og gik væk fra porten. Jeg vendte mig om efter nogle enkelte skridt. Porten var helt lille og gav et indtryk af, at jeg havde gået længere, end jeg følte. Var der mørk magi indblandet?

En sti henlagt i mørke tegnede sig foran mig. Den var formet af skeletrester, og indimellem lå der hele skeletter med kranier, der grinede ad en. Udover mig og skeletterne var der tomt. Og stille ... dødsstille. Bag knoglerne var der tomrum. Der var ingenting. Ingen væg, ingen fast overflade, intet liv, bare intetheden. Jeg savnede at ligge i Daves trygge favn. Angsten gjorde mig svimmel, og hvis jeg faldt, manglede jeg ham til at gribe mig. Han var min klippe. Jeg kunne altid stole på ham. Lyden af mine skridt blev kastet tilbage, så det rungede i ørerne. Jeg var bange for at sige den mindste lyd og gøre det værre. Stien endte brat. Jeg havde gået og kigget på jorden foran mig, så skeletterne ikke føltes som millioner. Nu så jeg rødt træ. Et par sorte fødder stod klart mod den blodige baggrund. Jeg turde ikke se op. Det var en af hans små hjælpere. Én af dem, som han skabte, da han blev jaloux på Gud over, at han havde skabt de syv vidundere, der kreerede verden. Han var en af De Sorte. Fanden er rød, almindelige djævle er gule som gamle knogler, og De Sorte siger sig selv. Et ækelt grin med en gurglende klang kom fra alle sider. Jeg så op på ham med et stålblik. Indeni rystede jeg af skræk over det grusomme syn, der mødte mig. Ansigtet var formet, som om nogen havde presset det sammen i siderne og trukket det fra hinanden i enderne. Der var ingen øjne, kun to store huller, der måtte føre ind gennem kraniet. Næsen gik stejlt ned, der var to millimeter fra bunden til toppen, og den gik ud i en spids, der var længere nede end næseborene. Munden var to smalle streger, der næsten ikke kunne gå fra hinanden. Tænderne var lange og gullige, så det hvislede, når skabningen talte.

"Hvad laver sssådan en perfekt engel sssom dig hernede?" hvislede den.

"Søger svar." Min stemme rystede lidt, men jeg håbede, han ikke lagde mærke til det.

"Du mener sssøger en gåde?" De indtil nu skjulte hænder dukkede op og afslørede, at de ikke var andet end sorte, rådne knogler. Han flettede dem ind i hinanden og bøjede sig interesseret fremad. Jeg begyndte at ryste, men fastholdt mit stålblik. Han rakte ud, og knoglerne strejfede min vinge. Det sendte en gysen igennem mig, men jeg bed tænderne sammen uden den mindste rystelse.

"Ssså modig," sagde han og rørte mit ansigt. "Ssså sssmuk." Hans

125

'pegefinger' rørte mig udfor hjertet. "Ssså forelssket." Han trak sig ind mod sin stol. "Hvad vil du vide?"

"Hvordan jeg bliver menneske," svarede jeg uden tøven, men med en modenhed i stemmen.

"Fjern det, der er kilden til din skønhed, derefter skal et kys forsegle dit valg, til sidst skal din oprindelige natur anerkendes af ham, du begærer." Jeg nikkede og begyndte at gå. Kilden til min skønhed var mine vinger. Dave skulle kysse mig, når han havde fået at vide, at jeg ville lave om på mig selv. Derefter skulle jeg fortælle ham, hvad jeg ville ændre. "Vent! De to første ting kan du gøre her!" "Nej! Dave skal jo kys..." Længere nåede jeg ikke. Det gik op for mig, at hvem som helst kunne kysse mig. Hans grin rungede mellem intethedens vægge. Jeg løb.

Porten var varm og brændte mine hænder. Den geleagtige masse så højere ud. Jeg kom til at støde min fod ind i den. For mit indre blik så jeg den sorte fod, der trådte over grænsen og blev hudfarvet. Jeg følte mig meget bedre tilpas, da jeg havde trådt over grænsen. Mit digitale armbåndsur viste 17:19. Jeg havde tid til at tage op i himlen og sige farvel til alle mine venner og søskende. Så det gjorde jeg. Mine englevinger var ikke bare til pynt, men kunne heller ikke flyve. De var kilden til Himlen. Hvis et menneske rørte dem, samtidig med at jeg kanaliserede min kraft til vingerne, ville de blive sendt dertil. Det fungerede næsten på samme måde, når jeg skulle til himlen. Jeg kanaliserede min kraft og kunne mærke, at de blev varmere. Helt automatisk blev mit åndedræt tungt og langsomt. Mine øjne gled i, og jeg rørte mine vinger. Da jeg åbnede mine øjne igen, lå jeg på en sky helt alene. Mit tøj var forvandlet til den hvide kjole, som engle bar. Jeg rakte op efter en glorie, men heldigvis var der ingen. Jeg kunne stadig vende tilbage til Jorden. Glorier var engles bevis på, at de hørte til i himlen, men var også det, der holdt engle i himlen.

Det var kun specielle engle, der kunne fjerne dem, hvis de havde en opgave på Jorden. En glidende bevægelse gik gennem min krop, og jeg stod op på skyen. Det var rart at føle mig mere smidig og let. Jeg begyndte at vandre, og der gik ikke lang tid, før jeg fandt den by, jeg havde boet i. Et af de første huse lå et par grunde fra de andre. Dér boede en af mine nære venner: Kastanje. Jeg bankede på døren. Da hun åbnede, var der først glæde i hendes ansigt, så forbavselse, og til sidst stod anklage ud over det hele.

"Du er først færdig om en måned," sagde hun skeptisk. Jeg fik tårer i øjnene, da jeg hørte hendes stemme. Hun greb mig, da jeg kastede mig ind i hendes favn og knugede hende.

"Hvor har jeg savnet dig," sagde jeg grådkvalt. Mit hjerte sved, da jeg kom i tanke om, hvorfor jeg var taget tilbage.

"Vil du med ind?" spurgte hun. Det var tydeligt, at hun havde opfanget, at det handlede om mere end hjemve.

"Vil du ikke nok ringe og bede de andre om at komme?" spurgte jeg.

"Selvfølgelig."

Duften af te fyldte køkkenet. De andre havde gjort nøjagtig det samme som Kastanje, da de så mig. Nu sad Kiki, Felicity, Victory, Jamie og Lian rundt om bordet, mens de skiftevis kiggede på hinanden og mig. Aldrig havde stemningen været så akavet. Kastanje stod i køkkenet.

"Jeg kom for at sige farvel," sagde jeg. Alle stirrede på mig, og jeg var også selv lidt overrasket over, hvor underligt det lød. 7'eren skulle laves om til 6'eren. Jeg slettede tanken fra mit hoved. Kiki rakte ind over bordet og tog min hånd.

"Hvorfor?" spurgte hun.

"Nede på Jorden har jeg mødt en fyr ..." Jeg gik i stå og så på dem. Vantro mødte mig i hvert blik. Jeg havde aldrig interesseret mig for drenge som andet end venner. "Vi elsker hinanden, og tanken om aldrig at skulle se ham igen ..." Jeg tav. Det lød helt forkert.

"Men hvis du gør det, ser du jo aldrig os igen ... Er han vigtigere end os?" spurgte Jamie.

"Nej ... jo ... I er lige vigtige for mig, men jeg må træffe et valg, og det bliver ham. Jeg vil altid kunne kalde på jer og føle jeres nærvær, selvom jeg ikke kan se jer ... det kan jeg ikke med ham. Han aner intet om min sande natur."

"Den natur, du gør oprør mod for en fyr, du kun har kendt i fem måneder?" Victory lød sur. Vi havde også kendt hinanden længst og havde et særligt bånd. Han burde være mest stædig.

"Vi holder af dig, Liva," hviskede Kiki grådkvalt. Hun var altid følsom.

"Jeg ved det, men det er min beslutning, og jeg kan ikke gøre andet."

Indtil nu havde Lian været tavs.

"Du kan få din hukommelse slettet, når du har fuldført missionen," sagde han.

"Miste Dave for altid!?" Jeg var forfærdet. Chokeret over, at han overhovedet kunne tænke på det. Men han vidste jo heller ikke, hvor godt vores forhold var.

"Du har ret, det er din beslutning, og i stedet for at skændes bør vi acceptere det og få en sidste god dag sammen," sagde Kastanje. De overvejede det i lang tid, før de fleste kunne se, hvad hun mente. Men Victory og Lian var uenige med hende.

"Hvad nu, hvis hun skifter mening på grund af alle de gode argumenter, jeg har?" sagde Lian stædigt.

"Tror du selv på det?" spurgte Kastanje.

"Liva har altid været meget stædig," istemte Kiki.

"Det kan godt være, men vores argumenter slår den stædighed," blev Victory ved.

"Så lad mig høre dem," sagde jeg, inden flere nåede at komme med indvendinger. Lian og Victory begyndte at snakke om en hel masse pladder, jeg sagtens kunne løse. Det hele lod til at være det, de nu fandt på ud fra det, den anden sagde.

"Jeg har en løsning på det hele," sagde jeg, da de var færdige.
"Hvad nu, hvis Dave ikke anderkender dit valg eller din natur?"
spurgte Victory.

"Så har du jo klippet dine vinger af, så du vil hverken være menneske eller engel," istemte Lian.

"Det ved jeg ikke," mumlede jeg. "Men det sker ikke, vi elsker hinanden for højt."

"Han kender jo ikke til alt ved dig, så hvordan ved du det?" spurgte Victory.

"Han ved jo bare ikke, hvad jeg er!" Min tålmodighed var ved at slippe op.

"Okay, okay." Lian havde ikke flere indvendinger og gav op. Victory stod alene tilbage. Det førte til en lang diskussion, men han indså til sidst, at jeg havde besluttet mig. Resten af aftenen brugte vi sammen, og vi havde en tårevædet afslutning, da himlen begyndte at blive orange. Jeg tog over til mine søskende, der var hurtige til at godkende min beslutning med nogle enkelte indvendinger, men som sluttede med kram og kærlighed og selvfølgelig en masse tårer.

Da jeg kom ned på Jorden, var klokken 09:52, så jeg tog over til Daves hus. Efter en hel dag uden ham trængte jeg til hans nærvær. Vi tilbragte en hel dag sammen, hvor jeg hele tiden skævede op mod skyerne. Da jeg kom hjem til mit lille hus, tændte jeg stearinlys og gjorde det hele hyggeligt og magisk. Det ville blive smertefuldt at miste mine vinger. Jeg bad til Gud om tilgivelse for at forlade hans smukke rige. En tåre trillede lydløst ned ad min kind, da jeg hviskede *amen*. Jeg tog kniven og påbegyndte vejen til at blive menneske. Kniven var skarp som et barberblad, og da den skar sig igennem min vinge, føltes det, som om jeg blev tortureret. Men jeg fortsatte. Jeg ville være menneske. Jeg ville være sammen med Dave. Jeg skreg af smerte. Tårer flød, og det samme gjorde blodet. De hvide, perfekte fjer blev våde og klistrede sammen. Min vinge blev rød, og det svimlede en smule for mig, da jeg var tæt ved bunden og måtte holde vingen, så den ikke knækkede og udløste endnu værre smerte. Da den første vinge var skåret af, lagde jeg den i midten af den rundkreds, jeg havde dannet af stearinlys. Jeg tog kniven og skar en lang rift ned gennem halvdelen af den anden vinge. Det smertede, og jeg kunne mærke det dybt ind i kernen. Jeg bed tænderne sammen, men kunne ikke stoppe smertensskriget. Det var godt, at jeg havde skabt en barriere omkring huset, så ingen kunne høre mig. Jeg fik skåret vingen halvt af og mærkede udmattelsen snige sig ind på mig. Adrenalinen pumpede ikke så kraftigt mere, men nok til, at jeg kunne få skåret det sidste af min vinge af, før jeg faldt om på gulvet. Mørket havde sænket sig over byen.

Rigsdansk

Jakobine Leonora Skov, 15 år, Holstebro

Lyden af klask kom tættere på hende. Det var læreren, der klaskede de rettede stile ned på elevernes borde uden synlig interesse i det. Hun hørte fodtrinnene komme nærmere, og hun mærkede ryggen stivne i en rank position. Dette kunne hun gøre hvert øjeblik, det skulle være. Hun anlagde et dydigt smil på sine læber og anrettede en gruppe vellagte ord til brug. Hun vidste, at trætte øjne var tegn på dårlige sengevaner og besvær med lektier eller noget så slemt som at komme fra en belastet familie. Derfor var den eneste sminke, hun brugte i hverdagen, en dækstift til øjnene. Hun var ganske enkelt så tæt, som et menneske kunne være, på at være perfekt, og en fejl som udmattede øjne måtte ikke eksistere.

Læreren stoppede sin evighedsrytme ved hendes bord, og internt udvekslede de et simpelt, indforstået nik. Der lød ingen klask. Det ville være fornærmende mod hendes karakter. I stedet for rakte han hende stilen. Hun vidste allerede, at der ville stå et flot 12-tal til hende.

Efter timen kaldte han hende op til katederet: *"Emmali,"* sagde han faderligt, *"ikke bare er din stil om historiske sandheder fejlfri, den har karakter af en rapport, og derfor vil jeg spørge dig om, hvordan du ville have det med, at jeg indsendte den til en konkurrence om at blive årets stil."*

Efter den nødvendige tænkepause nikkede hun bestemt og afslørede først sit naturlige smil, da han trykkede hendes hånd.

Da skoleklokken ringede træt, forlod hun veloplagt skolen og gik direkte ud i skolegården, hvor hendes mors Mercedes holdt.

Efter at hun havde fortalt moren om konkurrencen, oplevede hun morens reaktion som forvirrende. Moren nikkede med et smil, hun kunne aflæse, og derefter åbnede moren munden for at sige:

131

"Velgjort, mit barn. Dit pandehår er fedtet, det sker ikke for en pæn pige."

"Ja, moder," svarede hun med et perfekt rigsdansk talesprog uden dialekt og så træt på sin mor.

Derefter satte moren hende af ved musikskolen, og hun tog sin violin med derind. Privatlæreren, som havde undervist hende i et halvt årti, stod allerede klar. Hun fandt noderne frem til et af Brahms' musikstykker med violinsolo.

Da hun var færdig med sin violintime, skulle hun være gået direkte mod banegården. Det gjorde hun ikke. Hun gik ned mod anlægget for at klare hovedet. Hvor vinden blæste og legede veltilfreds med hendes hårlokker. En stemme bag hende sagde:

"Spiller du?" og denne stemme talte med en dialekt, der var hende ukendt. Hun vendte sig om og så en dreng iført hættetrøje, og hans hudfarve var olivengul. Han var pæn, selvom hans bryn var en anelse pjuskede, og næsen bar præg af et lille knæk. Hun svarede:

"Ja, det gør jeg."

"Må jeg høre?" spurgte han. Hun nikkede og pakkede violinen ud.

Da først hun rigtigt var begyndt, følte hun en særlig form for varme i kroppen. Musikken, hun spillede, var smuk og inderlig langsom, det var en af morens favoritter, som hun derfor kunne udenad. Det var et år siden, hun havde lært musikstykket. Hun glemte helt sit publikum, og da hun stoppede, blev hun forskrækket over hans klappen, der var vild, rytmeløs og ægte. Hun bukkede grinende, og derefter satte hun sig ned på en bænk på opfordring af ham.

"Du er talentfuld!" udbrød han, og hun rystede på hovedet og påpegede, at hun havde startet dårligt ud.

"Du er den bedste musiker, jeg har hørt," sagde han, og tilføjede smilende: *"Men det siger vel ikke så meget. Kan du egentlig spille andet end klassisk?"*

"Jeg kan en enkel country-sang," svarede hun med blikket mod jorden. *"Hmm hvad med dig – har du passion for noget?"* Han rystede kort på hovedet, men han tilføjede efter lidt tid:

"Jeg går til svømning, men talent har jeg ikke. Det er mit andet år," svarede han og rettede ryggen op, så den næsten var lige så ret som hendes.

"Jeg elsker at svømme," sagde hun smilende.

"Hvis du vil... kunne vi to tage i svømmeren sammen," sagde han, men før hun nåede at svare, ringede det fra hendes lomme, og hun tog mobilen, det var hendes mor. Hun talte rigsdansk igen.

Da hun vendte tilbage til ham, sagde hun undskyldende på perfekt rigsdansk:

"Min moder er urolig, jeg skulle have været hjemme nu, og jeg kender sådan set ikke Deres navn, og jeg ved intet om Dem, men det var hyggeligt at møde Dem."

Da hun gik, lod han hende ikke gå alene:

"Jeg hedder Emil Hansi og er tredjegenerationsindvandrer. Jeg bor i lejlighederne deroppe," sagde han og pegede mod et pænt lejlighedskompleks. *"Jeg er ikke anderledes end drengene i din klasse!"*

Bedrøvet var hendes blik, da hun så over på ham.

"Jeg hedder Emmali, og i overmorgen ved syvtiden er jeg i parken. Men nu må De lade mig gå!" sagde hun. Hun havde ikke tænkt sig at komme i parken, men da hun gik, føltes hendes fødder tunge som bly.

"Hvor har De været?" tordnede moren, mens hun rendte rundt med sine lakerede negle, og au-pair-pigen rendte efter hende med den perlehalskæde, hun skulle have på.

"Jeg kom for sent til toget," sagde hun krybende.

"De giver mig stress, men vi får snart gæster. Gå De op og skift!" svarede moren kommanderende og afsluttede samtalen med et svært tolkeligt smil, mens hun utålmodigt vinkede Emmali væk.

Da gæsterne, der var forretningsforbindelser, ankom, havde de slæbt deres sønner med. Sønnerne havde skjorter på, og de lignede miniudgaver af forretningsmænd. Det var ikke en afslappet middag. Efter forret og hovedret blev hun bedt om at spille på sin violin. Hun spillede en af de mere komplekse sonater, og sveden meldte sig på hendes pande. Men det gik for hende, og en kortvarig klappen lød bagefter. Hun rettede på sin nederdel, da hendes mor bad hende mænge sig med de andre unge inde i dagligstuen. Så satte de sig der og skrev sms'er på deres mobiler. Ingen af dem fandt grund til at tale sammen. Emmali kunne allerede forudse, at de senere skulle have fine, små desserter og le af de voksens morsomheder.

Sikke en aften, tænkte hun, mens hun kiggede ud på poolen, den ubrugte pool, og tænkte på manden, som rensede pool, men som hun ikke kendte navnet på. Hun tænkte videre, hendes tanker ramte de forventninger, omverden havde til hendes liv. Hun skulle have en pool, en billedkunstner – dyr og kendt af kendere – som hun skulle samle på, og musikstykker, der var klassiske, og som hun elskede. Hun skulle være interesseret i politik, men hun måtte aldrig diskutere det, men hun skulle vide, hvad der skete i den politiske verden. Hun skulle have et talent, som kun kunne opøves ved stort forbrug af penge, som at spille på violin. Der forventedes endda en let tilgang til livet, samtidig med at hun skulle holde sig sammen med sin egen slags. Hun skulle tale uden dialekt, gå og klæde sig, så mængden vidste, at de skulle holde sig væk. Det havde hun lært, at hun skulle, for at hun skulle kunne klare sig og brillere i den krigeriske verden, der ikke benyttede våben. Aftenen gik.

Den næste dag skinnede solen varmt. Allerede ved femtiden kom der gæster ligesom aftenen før, og arrangementet, moren havde planlagt, mindede om de forrige middagsaftener.

Ved bordet hørte hun moren lægge planer for weekenden, og hun ventede, til det ikke ville anses for en afbrydelse, og sagde:

"Moder, det er først på mandag, jeg skal over til min far." Hun havde lyst til at sige *"jeg skal hjem."*

"Det ved jeg da udmærket, men har du ikke sagt, at du kunne tænke dig at få nogle veninder over?" spurgte moren. Hun fik lyst til at svare, at det var fredag og hverken lørdag eller søndag. Hun fik også lyst til at minde moren om, at den næste måned ville mo-

ren være i Shanghai, og derefter skulle hun direkte til New York for endnu en måned, men der var gæster. Et kort øjeblik tænkte hun: *Men hvornår ville der ikke være gæster?*

Hun svarede moren:

"Ja, moder, jeg glemte det helt," og fik et koldt smil foræret.

Senere på aftenen, da hun og de andre unge havde siddet inde i dagligstuen, kom hendes mor til syne ved døren:

"Nu skal vi rigtig ind og hygge med dessert," sagde moren som en eller anden vidundermor og forsvandt hurtigt fra døren.

Uden at vide hvorfor småløb hun op ad trapperne. Hun løb ind til sit værelse. På vej ud derfra så hun sig i spejlet og smilte selvtilfreds.

"Plask," sagde det, da hun hoppede i poolen. Hun kunne ligefrem høre stolene mod det italienske stengulv.

"Hvad laver du?" råbte moren med de optegnede bryn, der gled ind i hårgrænsen af urolighed.

"Hygger mig," svarede hun og kravlede op af vandet, mens hun mærkede deres blikke mod sin gule bikini og sit våde hår.

"Må jeg få din sweater?" spurgte hun en af drengene, der havde bundet den om sig som en rigtig gulddreng. Han nikkede og gav hende den. Så gik hun indenfor med hoben af millionærer efter sig. Hun tog nogle penge, der lå smidt i en krukke, og tog sweateren på og et par ballerinaer. Så gik hun udenfor efterfulgt af folkene.

"For resten, mor, så skal jeg mødes med en fyr i parken, og nej, du kender bestemt ikke hans forældre," sagde hun. Hun vendte sig om og gik hen mod moren, som havde hun fortrudt sin handling. Moren smilede lettet til hende og kommanderede au-pair-pigen til at hente et håndklæde. Emmalis ryg stod en smule skævt, da hun stoppede foran moren. Men så rettede hun sig op, så hun blev på højde med moren, og smilede morens bekymringsrynker frem. Emmali sagde med ynde:

"Mor, jeg er socialdemokrat," og gik sin vej.

Puella Infesta

Elisa Maria Lund Hviid, 15 år, Randers

Navn: Puella Infesta
Alder: 5200 dage
Fødested: Den internationale fødeklinik, bygning 47, afdeling 508,
glas 1218
Forventet levetid: 43.848 dage
Forventet IQ (6575 dage): 132
Tydeligste evner målt fra 0-100:
Medfølende – 88,3
Ansvarsbevidst – 79,7
Strategisk – 65,8

Øvrige kommentarer:
Svært psykisk ustabil opfattelse vedrørende samfundets og verdens
opbygning. Hun udtaler:
"Verden opfører sig som en robot. Vi lever som én organisme. Hver
eneste sekund i vores liv er skemalagt. Vi leger, at vi selv bestemmer
alting, men det eneste, vi selv bestemmer, er, hvornår vi vil græde.
Vores børn bliver født i maskiner med egenskaber, der er blevet lagt ind
i dem som ingredienser. Vi bliver tjekket hver 100. dag for, at vi ikke
træder ud af det normale. At vi ikke tænker vores egne tanker. Det er
jo sindssygt! LAD OPRØRET BEGYNDE!"
Hun henvises derfor øjeblikkeligt til klinik 21, afdeling 13, seng 75,
indtil anden opfattelse af samfundet og verden er bevist.

Dag 5200

Dag 5200 var dagen, hvor det hele blev vendt og drejet. Meninger, der i mange timer havde plaget hende og fyldt hendes hoved, blev til ord og sætninger, og de forbløffede blikke fra menneskene på den anden side af bordet frydede hende. Hun kunne se, de havde suget hvert eneste ord, hun havde sagt, til sig, om de så kunne lide det eller ej, var hun fuldstændig ligeglad med, for nu vidste de, at alle mennesker ikke havde de samme meninger som dem. Hun nød øjeblikket, indåndede den tætte lugt af sved og foragt, mærkede den slidte træstols armlæn, som hendes hænder var bundet fast til, følte en vis stolthed og mod, når ordet modstander ramte hendes øregang.

Dag 5621

Hun kunne stadig mærke slagene i nakken fra i går aftes, men mange af sårene havde allerede dannet skorpe, og smerte var blevet til en af de ting i hverdagen, hun havde vænnet sig til. En hverdag, de fleste nok ville skræmmes over. Afsky og foragte. I starten havde alt virket så uvirkeligt. Et mareridt, der var umulig at slippe ud af. Som om den gamle virkelighed stadig var virkelig, og hun stadig boede i område 88, boligblok 806, værelse 199 med de to som, lang tid før hun begyndte at huske, holdt op med at kalde sig mor og far til hende.

Nu var den tætteste forbindelse til omverdenen ventilationsskakterne og en underjordisk udgang, der højst blev brugt en gang om måneden, og hvor mad, patienter og vagter blev transporteret ind og affaldet ud.

Patienterne så aldrig hinanden. De ville blot blive mere ustabile af det. Få nye mærkelige tanker og komme på uansvarlige ideer. Det var godt med ensomheden. Det gjorde det lettere at komme på andre tanker. De ville finde fornuften og blive en del af samfundet igen. Blive en del af det, de engang kæmpede imod.

Hun havde været vågen det meste af natten. Hun vidste, det var nødvendigt at forberede hver eneste detalje i hendes plan. Det måtte ikke slå fejl. Hun kiggede op på skakten igen. Det var risikabelt. Alt for risikabelt, men hvis hendes liv blev ved sådan her, ville hun snart miste forstanden, og det var ikke kun hende, der havde lagt to og to sammen. De vidste, de snart havde knækket hende, og de ville have hende lige der, hvor det var meningen.

Klokken slog 6000. Hun tog to dybe indåndinger. Skridt lød uden for døren, som hun havde gemt sig bag. Den ticifrede kode blev indtastet, og døren gled langsomt op. Doktor Heal trådte ind, og hendes hånd ramte hans blege hoved, så han i næste sekund lå bevidstløs på det kolde cementgulv, der hurtigt kunne svække den menneskelige hjerne med store bivirkninger. Derfor lod hun ham ligge. Han trængte også til at tænke lidt.

Hun trak hurtigt den hvide dragt af ham. Han så ynkelig ud nu. Svag. Og hvis han havde været en hvilken som helst anden, ville hun ikke bare have ladet ham ligge, men nu *var* han ham, og hun lod den følelse af medlidenhed, der var, drukne i en uendelighed af had.

Da hun havde taget dragten, skoene og handskerne på, trak hun kortet med alle koderne frem og fandt hurtigt koden til ventilationsskakterne.

Hun bevægede sig stille igennem mørket. Mærkede, om skakten drejede eller gik nedad. Mørket var tæt, og luften, der førte ud til hele bygningen, kom i kraftige storme, når hun mindst ventede dem. Når stormene kom, pressede hun sine ben og arme mod de to parallelle vægge og håbede på, at de hurtigt ville stoppe. Når de stoppede, skyndte hun sig videre, selvom udmattelsen væltede ind over hende, og hun helst ville give op, gå tilbage til sin celle med sin seng, sin stol og ensomheden.

Hver gang hun havde været uden for cellen, havde hun studeret ventilationsskaktene i loftet. Hvordan de drejede sig, og hvor de førte hen. Grundigt blev det ikke, for vagterne, som førte hende fra det ene sted til det andet, gik med en enestående høj gennemsnitsfart, og hun måtte med jævne mellemrum kigge væk fra det gigantiske system, så hendes stirrende blik ikke vækkede mistanke. Turene var korte, men mange. Alligevel var det eneste, hun skulle udenfor celles tykke mure, torturen, der pinte hendes krop, når de piskede hende, eller knyttede næver hårdt og brutalt ramte hendes hoved. Vejene tilbage til cellen kunne hun sjældent huske. Vagterne måtte til tider bære hende, andre gange skubbe. Hvis hun ikke allerede var i en bevidstløs tilstand, når hun lagde sig på briksen, fandt hun hurtigt verdenen af intethed, når hun lukkede øjnene. Smerterne var for en gangs skyld forstummet i følelsen af tomhed, og hvis bare kroppen havde givet hende lov til at nyde øjeblikket, ville hun have nydt hver eneste sekund. I stedet for forsvandt øjeblikket som et lynnedslag, og smertensskrig lød inde i hende. Sårene brændte i nakken, og øjnene var tit så hævede, at det var umuligt for hende at blinke eller græde. Lidt senere kom hovedpinen, og hun begyndte at vride sig i smerte.

Hun vidste, det snart ville blive bedre. Det hele. At hun ikke til evig tid kunne leve i det helvede, hun levede i nu. At det kun kunne blive bedre, og det var nok det, der havde holdt hende i live i så lang tid. At hun vidste, der var en fremtid, der kunne byde hende en menneskelig tilværelse. Men sikkerheden på dette var ved at blive til svage håb, som hun snart ikke selv troede på mere. Det var derfor, hun kravlede i ventilationsskakterne nu. Så fremtiden kunne blive til virkelighed.

Det føltes, som om hun i tusind dage havde kravlet i skakten. Hele kroppen rystede af udmattelse, og kroppen kunne hvert et øjeblik falde om, følte hun. Men hun vidste, at udmattelsen kun ville føles værre, hvis hun stoppede op og hvilede, og chancerne for, at vagterne kunne spore hende, når hun sad stille, var større, end hvis hun bevægede sig. 67 % præcis, og risikoen var stor nok, når vindstødene kom.

Hun var ikke helt sikker på, hvor hun var, men hvis hun havde bevæget sig efter planen, så ville et kraftigt lys, sollys, snart ses gennem en rist.

Hun drejede om endnu et hjørne i udluftningsskakten, og som hun havde tænkt, dukkede sollyset op fra en rist længere fremme. Der var højst 10 meter. Om lidt under 20 skridt, lidt over 20 sekunder var hun fri – forholdsvis i hvert fald. Hun ville kunne indånde den friske luft og mærke solens varme på kroppens blege hud. Hun ville starte oprøret igen. Først i det skjulte. Ved de mørke gader, i de gemte værtshuse, tæt ved alt det, der i forvejen var ude på et skråplan, og som samfundet hurtigt og sandsynligvis smertefuldt ville udslette, så verdenen ville blive et bedre, nemmere, sikrere, præcisere sted at arbejde, og nå ja, bo.

Tankerne stoppede brat. Hun kunne høre råb på den anden side af skaktens væg, og den svidende lyd af alarmen blev tydeligere og tydeligere. Hun havde kun hørt den en enkelt gang før, da en anden "patient" også prøvede at flygte. Han blev fanget, allerede førend han nåede ud af afdelingen. Pinsomme skrig var det sidste, man hørte fra ham. Han døde ikke – i hvert tilfælde ikke den dag.

Hun mærkede nervøsiteten, frustrationen, nerveanfaldet i kroppen. Hun vidste, at hun måtte handle hurtigt. Hun vidste, at deres udstyr om få sekunder vil have opfanget varmen fra hendes krop, og at hun snart var i fare for bedøvelsesgasserne, der ville blive sprøjtet ud af de indbyggede rør i skakten. Hendes vejrtrækninger var blevet hurtigere, hendes hoved føltes anspændt, men hun var så tæt på sollyset, at hun nærmest kunne føle varmen.

Den summende lyd af gasserne, der sivede ud, hørte hun i samme øjeblik, som hendes hånd greb fat i ristens tremmer. Hun rev til, men lige meget hjalp det. Hun kunne allerede mærke gassen i hovedet. Som om alt gik i slowmotion. Lagde sig på ryggen ... sparkede op i risten ...

Sparkede igen ...

Og igen ...
Og igen.
En høj lyd lød, og risten fløj op fra skakten. Hun vendte sig endnu en gang om, greb fat i skaktens åbning og lod den rene luft dykke langt ned i lungerne. Hun satte af med fødderne og hoppede op på bygningens tag. Ud i det fri. Solens varme knitrede allerede på hendes hud, og hun måtte skærme med hånden for ikke at få lyset lige i ansigtet. Selvom bedøvelsen stadigvæk kunne mærkes, var den slet ikke så tydelig i hendes hoved som før.

Hun kiggede sig omkring. Vagterne var stadig på udkig efter hende. Hun var højt oppe. 181. etage. Planens kritiske punkt var her. I de dage, hvor hun havde været indespærret, havde hun fortrængt en del, selvom hun stædigt havde prøvet at huske alle detaljerne i virkeligheden. Alle de grusomme, voldelige og blodige detaljer. Alligevel var en del af alt det, hun gerne ville huske, et stort og tomt spørgsmålstegn.

En af de ting, hun havde fortrængt, var, hvor hun var henne. I hvilken del af byen, landet, verden hun var havnet. På køreturen hen til klinikken havde tanken om at flygte ikke strejfet hende. Tanken blev faktisk først født efter et par hundrede dage. Først var tanken om at flygte ikke ment alvorligt. Den skræmte hende faktisk. At flygte var ligesom at give op. Tabe. Lade de andre vinde. Men efter at stykke tid indså hun, at hun for alvor ville tabe, hvis hun blev. Tabe forstanden og sine holdninger. Tabe sig selv i en dyb, dyb afgrund, hun sandsynligvis aldrig vil komme op af igen.

Hun vidste ikke, hvilken vej hun skulle løbe, så hun valgte at løbe mod solens varme. Hun løb mod den ene kant af bygningen. Hun kunne høre vagternes råb i baggrunden. Kanten kom tættere og tættere på. Foden satte sig pludselig på det yderste af bygningen, og hun måtte med alt kraft give afsæt med venstre ben. Et kort sekund hang hun i luften. Over vejen, mængden af mennesker og dyre biler. Følte, hun kunne styre alt, blot ved at prikke til det heroppe fra. Alligevel sluttede det lykkelige øjeblik hurtigt, da hun landede hårdt og kejtet på det hårde betontag. Hun kunne mærke et ryk i den arm, som landede nederst. Mærke små sten bore sig ind i hænder og hoved. Smerten indtog kroppen. Indhyllede den i kramper og piner. En tåre klemte sig ud af øjet. Men hun måtte videre. Vagterne.

Hun prøvede at støtte på armen, der landede nederst, men faldt sammen med det samme. Smerten blev ulidelig. Hun så sig tilbage. Vagterne var knap fem meter fra hende. Hun rejste sig ved hjælp af den anden arm. Begyndte at løbe igen. Hørte bumpet, da vagterne landede på bygningen, hun også var på. Hun måtte snart sætte af til endnu et hop. Håbe, at landingen denne gang ville gå bedre. Hun hoppede, landede og begyndte at løbe igen. Øjeblikket efter hørte hun den ene efter den anden vagt lande. Svedperler løb fra panden og ned. Hun mærkede et koldt, fast greb omkring den ene skulder fra en af vagterne, men rystede det hurtigt af sig med en albue i maven på ham.

Hun kunne høre al luften blive pumpet ud af ham. Høre ham stoppe op med heftige vejrtrækningsproblemer. Høre de andre vagter råbe af ham. Høre dem skubbe og puffe til hinanden og prøve at komme forbi, men hun var allerede et godt stykke fra dem, og afstanden blev større og større.

Hun kunne mærke en lettelse suse gennem kroppen. Friheden voksede for hvert skridt, hun tog. Magtens lænker kunne ikke længere holde hende tilbage. Hendes dag ville *ikke* blive sat i skema. Den ville *ikke* blive en kopi af alle andres. Hendes børn skulle *ikke* laves af maskiner. De skulle *ikke* ligne en kopi af alle andre. Hendes tanker var *ikke* de dikterede, lovbefalede tanker, som alle og enhver skulle tænke, nu var tankerne hendes egne.

Tankerne var farlige, men hun vidste, de var værd at kæmpe for. Hendes navn var Puella Infesta – oprørets pige – og hun skulle nok få startet det oprør, som var nødvendigt.

…"LAD OPRØRET BEGYNDE!"